BAR

LEMON HART 2

BAR
레몬하트 ② ♥목 차♥

PART, 16	마스터의 레시피	7
PART, 17	한겨울밤의 꿈	23
PART, 18	나는 초능력자	39
PART, 19	부장님의 본심	55
PART, 20	꽃말	71
PART, 21	신입사원에게 건배!!	87
PART, 22	중국을 마시다	103
PART, 23	이국의 하늘 아래	119
PART, 24	하룻밤에 생긴 일	135
PART, 25	5월병	151
PART, 26	6월의 신부	167
PART, 27	소문난 챌린저	183
PART, 28	단 한 사람의 송별회	199
PART, 29	산골짜기의 비주(秘酒)	215

PART, 16

마스터의 레시피

그리고 건방져 보이는 바텐더면 한판 하려고?

여기까지 왔는데 구경은 하고 가야지.

들어가 보고 결정 하자고.

이런 변두리 동네에 칵테일 만들 줄 아는 바텐더나 있겠어.

그때 처럼 말야

한판?

끼익~

어서 오십시오.

9

힐긋

뭘로 드릴까요?

그렇담 조금 놀아 볼까?

그래.

야, 여기 좋은 술들이 제법 많은 데.

여기 나왔습니다.

주문하신 드라이 마티니입니다.

마스터, 이게 뭐요?

이런 변두리 동네에서 진짜를 찾으면 쓰나.

참아, 이 사람아.

우리가 이런 마티니 마시러 여기까지 온 줄 아쇼?

에이, 장난하시나.

진 3분의 2에 베르무트 3분의 1, 오렌지 비터즈 한 방울 넣어 잘 섞은 후에 올리브를 곁들인다.

드라이 마티니 만드는 법.

어디 보자....

손님. 잠깐만 기다려 주십시오.

마스터, 만날 미즈 와리나 만드니 모르는 것도 당연하겠지만,

하하하, 나 이런.

적혀 있는 그대로 했는데요.

이 〈칵테일 만들기〉라는 책에

좀 더 센스 있는 거 없냐고!

그리고 이쑤시개 같은 거 말고,

올리브도 검은 게 아니라 흰 거.

적어도 칵테일 잔 정도는 써 줘야지.

난 조금 더 드라이하게 해줬으면 좋겠는데.

히죽

바로 다시 만들어 드리겠습니다.

실례 했습니다.

더 드라이 하게.

베르 무트 5분의 1말이 군요.

아, 진 5분의 4에…

드라이 요?

13

먼저 베르무트를 잔에 따르고.

나 원, 그래 갖고 드라이가 되나.

진 10분의 9에….

더요? 그러시면….

이 마스터, 아무것도 모르네.

거기다 진을 따르면 되는 거요.

따라 버려요.

그걸 가볍게 흔들어서

난 이 친구보다 더 드라이하게 해주쇼.

됐어, 이 정도는 돼야지.

그럴까?

얼른 가르쳐 주라고.

마스터가 힘들어하잖아. 이 친구야.

더 드라이 하게요?

14

그게 초 드라이 마티니라고요.

그리고 베르무트 병뚜껑을 그 위로 한 번 슥 통과시켜요.

내 건 먼저 진을 잔에 따라요.

거기 두 손님.

아는 척하는 게 꼴사납군. 이제 그만하지.

아까부터 잠자코 듣고 있자니,

뭐요?

실은 마스터 손에서 놀아나고 있는 거라고.

당신들이 놀려먹고 있는 줄 알겠지만,

? 스노브?

아니, 그 전에 스노브라는 말은 아시나?

스노브(Snob) 인 척 폼을 잡고 있는데….

…… ……

당신들은 스노브 축에도 못 들어.

마티니 논쟁을 벌여대는 시끄러운 녀석들을 스노브라고 하지.

그, 그럼 저 마티니에 다른 지식이 또 있다는 거요?

드라이 만드는 법만 갖고 마티니를 장난감 취급 하면 안 되지.

어디서 주워들었는지 모르지만

초 드라 이가 내 레시피 라구.

그, 그러 니까 난…

물론 일류 바텐더의 레시피도 있지만 말야….

마티니에는 각자 자신만의 레시피가 있다고.

16

당신들이
생초짜
라는 거,

어떻게
알아봤는
지 아나?

눈앞에 있는
베르무트
병이야.

생초짜
인 거야.

초 드라이파
라면서 거기에
불평을 하지
않으니

그 베르
무트는 '친자
노 롯소' 라
고,

최고로
달달한
베르
무트지.

노일리 프라트
프렌치 엑스트라
드라이

나 같으면
베르무트는
이걸 쓰겠네.

베르무트 〈메모〉

　양주의 범주로 보면 이것은 와인의 일종으로 '아로마타이즈드 와인(aromatized wine : 가향 와인)'에 속한다. 원료인 화이트 와인에 향쑥꽃, 키나, 코리앤더 등 각종 향료를 절어 넣어 알코올 도수를 높였다. '노일리 프라트'는 프랑스의 대표적인 메이커이다. 드라이 마티니에 노일리를 쓰는 것은 일류 바텐더의 상식으로 꼽힌다.

탱커레이

참고로 내 레시피는

이 놈이야.

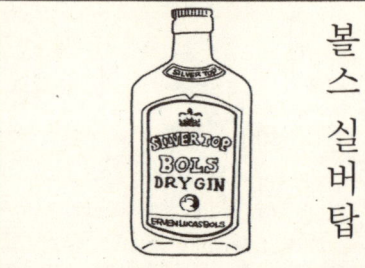

볼스 실버 탑

당신들 마티니의 베이스로 들어간

진은…….

마스터가 그 진을 따를 때

'엇, 볼스. 세계에서 제일 오래된 증류소의 진이구만' 정도의 반응쯤은 나와야 스노브라고 할 수 있는 거야.

……

시, 실례했습니다.

이런 변두리 동네 가게에 오려면 10년은 더 있어야겠네.

20

예, 예?

잠깐 기다려.

그걸 초 드라이 마티니라고 알고 있는 모양인데, 그거보다 더 위가 있다는 거 아냐?

진 위에 베르무트 마개를 통과시킨다는 얘기 말이지.

드라이 진을 마시는 거야.

선반에 있는 베르무트 라벨을 힐끗 보고

두 양반, 벌써 가셨구만.

어라?

그보다 한 수 위가 마음속으로 베르무트를 떠올리며 마시는 진이지.

21

안경 씨, 방금 말한 그 진은 드라이가 아닙니다.
마음속으로 떠올리는 베르무트는 그저 진한 술일 뿐이죠.
아직 수행이 부족한가….

'칵테일은 마티니로 시작해서
마티니로 끝난다' 고 한다.

PART, 16 END

PART, 17

한겨울밤의 꿈

부우웅 ~~

출상 하겠
습니다.
장지까지
가실
분들은
...

마스터
….

잠깐 와서
소금 좀 뿌려
줄래요?

어…?

25

예….

초상집에 갔다 왔나 보군요.

탁탁

옛날에 신세졌던 선배님요.

아뇨 ….

친척?

조니블랙 으로 주세요.

아뇨 ….

늘 마시던 걸로 드리면 되죠?

오늘은 조니블랙이 아니면 안 되거든요.

예….

마쓰다 씨가 …?

조니 블랙?

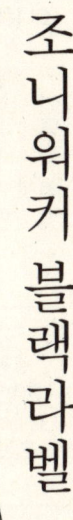

조니워커 블랙라벨

27

조니워커 〈메모〉

스카치위스키의 대명사 격으로, 1차세계대전 전부터 유명세를 떨쳤던 술이다. 1820년 존 워커가 창업한 회사에서 만들어졌으며, '조니워커'라는 브랜드가 탄생한 것은 20세기 들어서이다. 창업자인 할아버지의 위업을 기리기 위해 존의 손자 대에서 신제품에 할아버지의 애칭을 붙였다. 또한 톰 브라운에게 할아버지의 초상을 그리게 해서 심벌마크로 삼았는데, 그것이 바로 유명한 시크햇 마크이다. 조니블랙은 12년간 숙성시킨 하이랜드 몰트를 듬뿍 쓴 고급품으로 마일드한 풍미가 일품이다.

알코올 중독?

알코올 중독 이었대요.

겨우 오십 중반에 죽다니.

내가 프리랜서가 된 것도 이 사람 영향이 무척 컸죠.

이데 선배라고, 사회부 기자였는데요.

'돈이 있을 땐 비싼 술을 마셔라, 조니블랙을 마셔라.'

예. 선배가 늘 그랬어요.

이 분이 조니블랙을 좋아했군요.

헤어 토닉?

'술이 없을 때는 헤어 토닉이라도 마셔라.'

그리고 '돈이 없을 땐 폭탄주든 막소주든 좋다.'

옛날엔 조니블랙이 최고급품 이었나 봐요.

이데 선배님, 조니블랙이에요. 드십시오.

병원
에서
….

실은요,
3개월 전에
만났어요.

또 술을
올리는
거요?

알코올
중독으로
돌아가셨는데

아,
잠깐만요.

A병동
126호실
입니다.

예, 면회
오셨
군요.

이데 지로
씨를 만나러
왔는데요.

중앙종합병원

지갑, 담배,
라이터, 손수건,
명함….

수첩, 샤프,
볼펜.

소지
품요
?

면회 오신 분의
소지품을 검사하게
되어 있습니다.

이데 씨를
찾아오신
분들에
한해서

대체 무슨
일인데
그러죠?

그런 거
없어요.

숨기고
계신 건
아니겠지요?

혹시 위스키
포켓병
같은 걸

알코올
중독….

알코올
의존증이면
….

면회 오신 분들이
위스키 같은 걸
반입하면 치료에
지장이 있거든요.

이데 씨는
알코올
의존증입니다.

이 병원에
들어오신 건가
….

이데 선배님,
알코올 중독을
고치기 위해

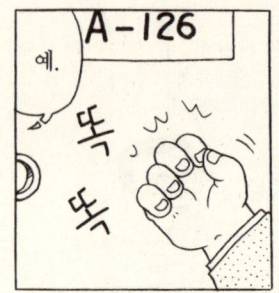

32

설마 이런 데를
내가 좋아서
들어왔겠나….

마누라가 억지로
밀어 넣은 거지.

하하
하하.

그렇게
까지
…

그래. 소독용 알코올
이라도 들이키고
싶을 정도야.

그렇게
심하신
겁니까?

이쪽으로 누구 오는
사람 없나
망 좀 보게.

이거
들키면
큰일나네.

!!

뭐, 그리
비싼 술은
아니지만.

어때,
조니블랙
이야.

34

역시
조니블랙
이야.

크-.

꿀꺽
꿀꺽

이,
이데
선배님.

마쓰다,
진짜 조니블랙
이란 말야.

마시라
니까!

저,
전….

자네도
마셔.

········

마셔!

이제 얼마
안 남았
구만.

하긴 들이키고
말고 할 것도
없지….

쭉
들이켜!!

많은 얘기를 해주셨어요! 러시아에 갔을 때 그쪽 기자랑 보드카로 술내기를 했던 얘기며…

조니블랙을 숨겨두었던 나무 밑에서

나오는 게 온통 술 얘기뿐이었지요.

필리핀의 야자술은 냄새가 너무 심해서 코를 막고 마셨다느니,

조니블랙이 최고야.

돈이 있을 땐 좋은 술을 마셔라.

헤어질 때 선배가 이렇게 말하더군요.

일본에는 호걸이 다 없어진 줄 알았는데 아직 있었군요.

…라고.

원하는 만큼 마시고, 후회 없이 죽는 쪽을 택한 것 같아요.

이데 선배는 술을 끊고 오래 살기보다,

미즈 와리로 해줘요!!

마스터, 역시 스트 레이트는 못 먹겠 어요.

쭙

마쓰다 씨는 절대로 알코올 중독에 걸릴 일이 없어서 안심이네요.

잘 생각 했어요.

PART, 17 END

PART, 18

나는 초능력자

40

41

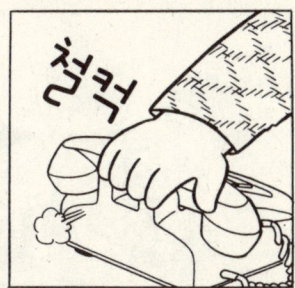

응, 갑자기 발령이 났어.

도쿄로 전근 간다고?

에이 무슨, 마담도 괜히 오버하지 마요.

하하하, 그러게.

야노 씨 없으면 삿포로가 쓸쓸해질 텐데 이를 어쩌나.

바에서 한잔 하는 꿈인데 말야….

응.

이상한 꿈?

어제 이상한 꿈을 꿨어.

이건 다른 얘긴데….

한 번도 가 본 적 없는 가게였어요.

그게 아니더라고요.

그 바, 우리집이죠?

바에서 마시는 꿈이라니, 딱 자네다운 꿈이구만.

전혀 이상하지 않은데.

44

응.

가게 이름을 봤단 말야?

간판…?

그야 간판을 봤으니까.

그걸 어떻게 알아?

꿈인데 가 본 적 있는지 없는지,

하루종일 생각해 봤지만 전혀 기억에 없는 가게야.

이름으로 봐서 있을 것도 같은 걸.

레몬 하트?

잊을까 싶어 메모 해뒀지.

'레몬하트' 라는 가게였어.

그런 기억 없는데.

잡지에서 가게 기사를 봤거나 TV드라마에 그런 가게가 나온 걸 본 거야.

알았 다.

전혀 모르는데 '레몬하트' 라는 가게가 꿈에 나오다니….

재미 있네 요.

나 혼자 뚜벅뚜벅 걷고 있었어.

조금 더 자세히 말을 하면, 게임 속의 맵 같은 미로를

그렇지 않으면 이름 까지 확실히 나오는 꿈이 이상한 거지.

자넨 잊어도 무의식은 기억하고 있는 법이라고.

45

그리고 난 가게 문을 열었어.

거기에 레몬하트라고 적혀 있었단 말이지.

가까이 가 보니 그게 간판이었어.

잠시 걷다 보니 반짝 하고 빛이 보이더라고.

전화벨이 울렸어. 현실에서 울린 전화소리 땜에 술을 못 먹었다고.

마스터가 내준 술을 막 마시려던 찰나에,

손님도 없고 해서, 난 카운터에 앉아 술을 주문했지.

패 넓은 가게인데, 마스터 혼자뿐이더라구.

맛있어 보였는데.

대체 무슨 술이었을까?

그것도 잘못 걸려온 전화였다구.

잔칫상 받아놓고 못 먹는 ….

그런 꿈 다들 꾸잖아.

자세히도 기억하고 있네요.

마담하고도 한동안 이별이네.

일주일 후.

그래서 도쿄에는 언제 올라가는데?

꿈 얘기는 그쯤 하고.

조심히 들어가세요.

예, 알고 있습니다.

숙소는 알지? 곧장 가다 우회전해서 맨 끝.

앞으로 열심히 해보게.

부장님, 오늘 환영회 감사 드립니다.

응?

부장님한테 의욕이 얼마나 대단한지 보여 달란 말을 들으니 긴장되네.

드디어 본사 근무인가....

어라?

꿈에 나왔던 길과....

이 길....

앗!!

어서 오십 시오.

처음 뵙겠 습니다 ….

전 야노라고 해요.

예, 그렇 습니다.

마스터 이신 가요?

그런 일도 있을 수 있겠지요.

허어.

삿포로에 있을 때 꿈에서 봤어요.

저기, 놀라지 마세요. 실은 이 가게에 오늘 처음 오는데요,

열흘 후에 일어날 일을 미리 꿈속 에서 본다 …든가.

이른바 예지능력 이라는 거죠.

어, 어떻게?

있다 고요?

뭘로
드릴
까요?

하하하,
그럴지도
모르죠.

혹시 나
초능력자
아닐까요?

그런 일도
있을 수 있나…

예?

꿈에서 마신
걸로 주세요.

기억해
주세요.

꿈에서
내주셨던
술을
마시고
싶어요.

그렇게
말씀
하시면
….

이런,
큰일났네
….

알았습
니다.

꿈, 환상
이란
말이지
….

꿈,
꿈이라
….

꿈이
라….

으음.

미야기현이
낳은 환상의
명주!
이거로군요.

무겐(夢幻) 〈메모〉

　무겐은 일본에서 손꼽히는 명주를 생산하는 미야기현의 술이다. 미야기의 술로
는 우라가스미(浦霞)가 가장 유명한데, 무겐은 우라가스미에 앞설망정 결코 뒤지
지 않는 명주다. 지명도는 다소 낮지만 현지에는 팬이 많다. 무겐이라는 이름은 만
화가 오카베 후유히코(岡部冬彦) 씨의 형인 오카베 가즈히코(岡部一彦 : 등산가)
씨의 아이디어로, 맛은 드라이하다. 동북 지방 특유의 강하고 깊은 맛을 가진 술이
지만 의외로 목넘김이 아주 부드럽다. 검은 라벨은 중음양주(中吟釀酒)로 직접 재
배한 쌀 55%, 물은 오우(奥羽) 산맥에서 솟는 천연수를 사용한다.

이 술은 마실 수 있는 거라고.

전화가 울려도 잠이 깨거나 할일은 없지.

이건 현실이야.

그나저나 삿포로에서 저희 레몬하트 꿈을 꾸셨다니….

역시 현실이 좋구나.

맛있다!!

이건 꿈에도 없었던 장면인데요.

정말요?

오늘은 제가 대접하겠습니다.

저도 기분이 좋은데요.

PART, 19

부장님의 본심

제가 은근히 좋아지는 바가 있거든요.

가끔 가는 가게 인데,

그럼 부장님한테 맞을지 어떨지 모르겠지만….

뭐해, 얼른 가자니까.

분위기는 차분하구만.

레몬 하트라…

여깁 니다.

BAR 레몬 하트

어서 오십시오.

하~이!

보기만 해도 취할 것 같아.

오, 술이 매니매니(many many)하구만.

반갑습니다.

저희 하야시가 신세가 많습니다.

마스터, 저희 부장님이세요.

제일 비싼 술이 뭔지 아나? 익스펜시브한거.

그 정도로 감탄하긴.

호~.

하야시 군, 미(me)가 이래봬도 술이 꽤 세거든.

'루이 13세'라고 하지.

저거야, 저기 있는 저거.

과연 부장님.

어때? 나 잘 알지?

거봐라.

그렇습니다.

그렇죠, 마스터?

저건 20만 엔이나 한다고.

회사 돈으로 말야. 하하하!

저런 술은 접대할 때나 마시는 거지.

노-노-

저걸 미(me)가?

한잔 하시겠 습니까?

맥주.

휘청

흠, 어디 보자.

그럼 부장님, 오늘은 뭘로 드시겠습니까?

버드 와이저 말일세.

버드 모르나?

버드?

버드로 하지.

오늘은 영맨이랑 함께니까.

버드 같은 말도 모르면 걸들이랑 룰루랄라 할 수 없다고!

사회생활 벌써 7년째 라고요.

전 젊지 않다니깐요.

영맨이 그런 것도 모르나.

버드라고 하는 게 멋이야.

마스터는 퍼뜩 깨달았다. 두 사람의 대화를 듣고 있다가

미(me)는 중후한 중년 아저씨.

노-노-

부장님이 저보다 훨씬 젊으시네요.

손으로 때며 젊은이 흉내를 내고 싶은 게 아닐까….

이 부장님은 버드의 트위스트 캡을

버드와이저를 주문했는지….

이 부장님이 왜

아마 이건 사용하지 않겠지만 같이 내주는 것이 좋겠지…하고.

마스터는 필스너 글라스를 손에 들고 문득 생각했다.

여기 있습니다.

예.

병으로 줘요.

마스터, 버드는 캔 말고

60

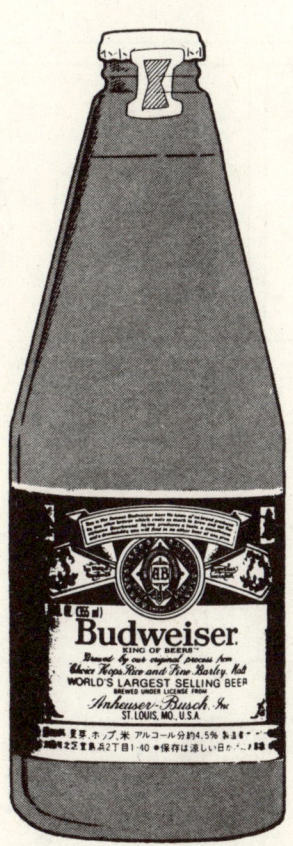

버드와이저
비어 트위
스트 캡

61

*필젠 타입 : 체코슬로바키아의 필젠 지방에서 시작된 맥주로서 옅은 황금색을 띠며 맥아의 향미가 약하고 맛이 담백하다.

버드와이저 〈메모〉

　80년대 버드와이저의 라벨이 프린팅 되어 있는 티셔츠가 일본 젊은 사람들 사이에 대유행한 적이 있었다. 버드와이저는 미국산 맥주로, 제조 회사는 1852년에 창업한 안호이저 부쉬이다. 미국의 맥주 생산량은 세계 1위인데 그런 미국에서도 최고의 생산량을 자랑하는 곳이 바로 이 회사. 놀랍게도 이 회사 하나가 연간 생산하는 맥주의 양은 일본 전 생산량을 가볍게 뛰어 넘는 700만 킬로리터로 약 1.5배에 이른다. *필젠 타입의 라거 맥주지만 쓴맛이 없어 마시기 시작하면 얼마든지 마실 수 있는 것이 특징이다.

문득 하야시군은 생각했다.

테이블에 나온 버드와이저를 보고

병따개를 안 주셨네요.

저기 마스터.

부장님 체면을 세워드려야지….

이 맥주를 손으로 딴다는 것을 알고 있었지만,

잘 보라고.

예?

하면 안 되지.

하야시 군, 그런 민망한 소리를

버드는 이렇게
마시는 거야.

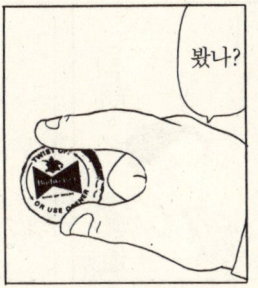

봤나?

끽—

아, 그
런가.

남다르긴.
그냥 멋
이라니까.

컵 없이 드시는
모습도 역시
남다르신데요.

첨단을
달리시
네요,
부장님.

한 곡조
뽑아 볼까?

좋았어 오늘은
기분도 좋으니

와하하하

부장님, 이 가게
엔 노래방 기계
같은 건 없어요.

요즘
유행하는
신곡으로.

마스터,
반주 좀
틀어
줘요.

63

그러니 손님이 없지.

거 희한한 가게네.

휘청

노래 반주가 없어….

반주가 없어서야….

하지만

노래는 마음껏 하셔도 됩니다.

반주기는 없습니다만,

내 주특기 일세.

부장님, 민요 부를 줄 아세요?

민요라면 반주 없이도 부를 수 있겠네.

아, 그래.

사실은 민요를 좋아해.

영업 부장의 처세술 이지.

그건 분위기 띄우려고 일부러 그러는 거고.

늘 안무까지 넣어 요즘 노래를 부르시는 분이….

그럼
한 곡 뽑아
볼까?

다른 손님도
없으니

마스터도
원하는데 한 곡
들려 주시지요.

민요 좋죠.
저도 들어
보고 싶네요.

젊은
사공이

에사시
지방의
이별가
한 소절.

노랠 부르네~
어기여차 물새야,
너도 따라 부르느냐..

*도부로쿠 : 탁주란 의미로 니고리자케라고도 불리며 우리나라 막걸리와 비슷하다. 찐 쌀에 누룩과 효모를 첨가해서 만다

짝 짝 짝 짝

이별, 이별의 바람은 부는데~

진정한 멋입니다.

지금 부르신 민요야말로

그, 그런가?

취미 수준이 아니신 걸요.

와! 부장님.

목소리가 참 좋으십니다.

호오....

좀 드셔보시겠습니까?

흔치 않은 술이 있는데,

*도부로쿠 같은데요.

66

*담금주 : 인삼주·매실주·버섯주 등 특정 약초 및 과실을 넣어 오랫동안 숙성 시킨 술.

오, 좋네.

······

꿀꺽

이건 *담금주야.

아냐.

역시 도부로쿠네요.

담금주입니다.

그렇습니다.

이렇게 맛있을 수가.

이렇게 쌉쌀한 담금주는 처음 마셔 보네.

담금주요?

응? 뭐가 말인가?

죄송합니다.

부장님····.

죄송합니다. 그저 젊은 척하기 좋아하는 가벼운 사람이라 생각했습니다. 게다가

실은 믿지 않았거든요. 전 부장님이 술에 대해 잘 아신다고 하셔도

정말? 처음으로 부장님의 멋진 면을 본 것 같습니다. 이 레몬하트에서

그런 심각한 얼굴을 하고…. 이봐 이봐, 갑자기 왜 그래? 부장님.

마스터, 이 녀석 담금주에 취해 버린 모양이오.

쑥스럽구만. 와하하하! 예, 정말이에요.

취한 게 아니라고? 그래요…?

하야시 씨는 취하지 않았습니다.

*오사케 : 일본주(니혼슈)의 일본식 발음.

그럼 내 속마음을 털어놓지.

사실 내가 제일 맛있다고 생각하는 술은 바로 일본주라네.

사케(酒)에 오(お)를 붙여서 *오사케(お酒)라고 부르고 싶다네.

일본주라는 말은 별로 좋아하지 않아.

노인네 티가 나서 안 되겠네.

역시 그만두세.

민요 레코드 라도 들으 면서 말이지.

그것도 따끈하게 데워 마시는 오사케.

민요 ….

한 곡 더 들어 보고 싶은데요 ….

그래, 그래. 그쯤 하고 넘어가 자고.

전 부장님의 그런 점이 좋습니다.

부장 님.

69

정말
고마워요.

마스터,
오늘 기분
참 좋습니다.

이제
그만
하지.

아니,
그만
됐어.

예끼, 이건
*낭화절
(浪化節)이야.

부장님, 역시
민요가 좋네요.

고향 가자
고향 가자
초목들도
손짓하는구나~.

PART, ⑲ *END*

PART, 20

꽃말

있어
요?

술에도 꽃말
같은 게

삐
익

마스
터.

술에도 꽃말
같은, 정해진
말이 있나 물어
보는 겁니다.

아니
그러니까,

갑자기
무슨 뚱딴지
같은 소리?

72

역시….

몇 개 있긴 하지요.

꽃말처럼 많지는 않아도

어젯밤 얘긴데요….

그게 실은요….

무슨 일 있었어요?

어느 화장품 회사 세일즈 우먼이었는데….

내가 취재한 사람은

커리어우먼 취재를 하게 됐거든요.

여성잡지 일로

보아하니 꽤 미인이었던 모양이네요.

취재가 끝나고 식사를 같이 하러 간 거예요.

뭐 그런 건 아무래도 좋고

예.

젊지는 않았지만,

서른 중반쯤!

이건 뭡니까?

어떠 세요?

여기 요리.

맛있 네요.

편한 게 최고잖 습니까.

게다가 이렇게 카운터에서 먹을 수 있다는 게 좋군요.

근사하네요! 프랑스 요리 에도 이런 게 있다니.

매쉬포테이토에 타라모를 버무린 거랍니다.

그건 '타라모 샐러드'라고,

솔직하시 네요.

호호 호.

금방 탄로 나고 마는 걸요.

그야 허세 부려봤자,

호호호, 마쓰다 씨는 허세가 없어서 좋아요.

74

저, 셰리(sherry) 한 잔 해도 되나요?

마쓰다 씨.

예?

저기요….

그럼요. 물론이죠.

정말로 괜찮은 거죠?

아, 예, 물론.

셰리요?

뭐든 좋으신 걸로 시키세요.

예, 좋고말고요.

출판사에서 취재가 끝나면 식사를 대접하라 그래서 여유가 있었거든요.

그녀는 재차 묻는 거예요. 셰리를 마셔도 되겠냐고.

티오페페로 할까 봐요.

흠, 그럼….

어떤 셰리로 드릴까요?

마스터, 셰리요.

티오페페

…하더니 픽 나가 버리는 겁니다.

아무리 생각을 해봐도….

근데 밥 먹다 말고 가버릴 만큼 뭘 잘못한 기억이 없더라고요.

내가 뭐 기분 상하는 소리라도 했는지….

그래서 생각해 봤죠.

그래서 꽃말이니 뭐니 하며 뛰어들어 왔군요.

혹시 그 셰리에 내가 모르는 비밀이 숨어 있는 건 아닐까 하고….

그러다가 퍼뜩 생각이 났어요.

인가
...

랬단
말
...

그...

.....

안 괜찮
아요.

마쓰다
씨, 괜찮
아요?

진작 가르쳐
주지 않았
어요?!

왜 그런
중요한 걸

깜짝

마스터!!

마쓰다 바보....
정말로 난
바보천치야.

아아,
난 너무
무식해....

내, 내가
이런 일이
있을 줄
알았나....

80

그래서 그녀는….

……

프로야구 뉴스나 보고 자빠져 잘 거라 했으니, 이런 등신…!

그런 줄도 모르고 난….

예정을 물어본 거였어.

그렇게 몇 번씩 확인을 하고

아니, 두 번 다시 없을 걸.

그런 기회가 어디 그리 흔합니까!!

다음에 또 셰리를 마시고 싶다는 사람이 나타나면 잘 할 수 있잖아요.

진정해요. 너무 억울해 하지 말고.

참고로 묻는 건데, 다른 술의 꽃말은 또 어떤 게 있어요?

마스 터.

……

*포트와인 : 발포 중인 와인에 브랜디를 첨가한 포르투갈의 스위트한 와인으로 셰리와인과 함께 세계 2대 주정강화(酒精強化)와인으로 꼽힌다.

오~!

남자가 사랑을 고백하는 술로 꼽혔어요.

*포트와인은 옛날부터

마시면요?

따로 좋아하는 남자가 있다는 뜻이에요.

여성이 남자가 권하는 포트와인을 마시지 않으면,

이야, 좋은 거 알았는걸.

'당신한테 모든 것을' …이죠.

포트와인이란 게 어떤 술이죠?

당장 내일부터 써먹어 봐야지.

82

좋았어. 메모해 두자.

크로프트 디스팅크션.

CROFT
DISTINCTION
Finest Old Tawny
PORT

남자의 사랑 고백 이니까.

마쓰다 씨, 그렇다고 마구 권하면 안 돼요.

마쓰다 씨.

포트와인으로 맹렬히 돌격!!

아니, 쓸 겁니다. 무식을 커버하려면 이것밖에 없어요!

며칠 후

끼익

아니, 얼굴이 왜…?

마스터.

포트와인 때문이군요.

핸드백 으로….

여자한테 얻어맞았 어요….

......

출판사에 아르바이트 하러 온 여자애였는데요.

맞아요.

술자리 마치고 용감하게 호텔로 갔죠.

그래서 오케이인줄 알고

신나서 한 병을 다 비우지 뭡니까.

포트와인을 권했더니

'와인이 맛있어서 그냥 마신 것뿐!' 이라면서 픽!

그런데 그녀의 대답은 '그런 옛날 관습 따윈 몰라요'

됐어요, 마스터.

함부로 쓰면….

그래서 내가 뭐랬어요….

꽃말은 이제 질렸어요….

그 말이 정답이에요. 마쓰다 씨….

술은 그저 조용히 술맛이나 즐기면서 마시는 게 최곤거 같해요….

PART, 20 *END*

86

PART, 21

신입사원에게 건배!!

끽~

여~ 마스터, 잘 있었소?

우리 신입사원 시라이 군.

잘 부탁 드립니다.

사장님, 어서 오십시오.

사원 열 명밖에 없는 작은 회사라도 실적은 좋다구. 하하하하!

마스터, 너무하네.

사장님 회사도 신입사원을 뽑으십니까?

허.

사장님, 좋으시겠습니다.

오, 그렇군요.

.....

대졸 신입사원이라고! 인텔리지.

시라이 군은 대졸 출신이야.

저 술은 못합니다.

내가 살 테니까.

시라이 군, 뭐든지 시키게.

우리 회사에 신입사원이 들어온 게 3년만이거든.

아, 좋고말고.

.....

여기는 말야. 별로 장사는 안 되지만 일단은 바라고.

뭐? 토마토 주스?

토마토주스 주십시오.

예....

바라는 건 술을 마시는 데란 말이야.

마스터 말 들었지?

게다가 '일단은'이 아니라 엄연히 진짜 바라고요.

장사가 안 된다니, 무슨 말씀을....

89

그, 그게 엄청 취하거든요.

술은 취하라고 마시는 거야.

당연하지.

저, 제가 술을 마시면 취하거든요.

아뇨, 안 그래요.

숙취가 심한가 보지?

아뇨, 약하진 않습니다만.

술이 약해?

뭘 주저하는 거야?

그럼 됐잖은가.

아뇨, 굳이 말하자면 좋아합니다.

술을 싫어하나?

주정하고는 좀 다른데요.

주정 부리나?

다른 사람과 조금 다르게 취하거든요.

저, 제가 술에 취하면

그리고 나서 뭐가 뭔지 모르게 되는 겁니다.

꿈의 세계로 들어간 것처럼….

기분이 좋아져서는….

저, 저기 그게 무지막지하게…

어떻게 다른데?

아, 안됩니다.

마음 놓고 마시라고.

이 사장이 붙어 있잖나.

술이라는 게 원래 그런 거야.

멀쩡하네.

아, 안된다니까요.

그러니까 한번 마셔 보라고.

자네가 어떻게 기분이 좋아지는지 보고 싶어!!

이건 내 부탁일세.

잘 듣게, 시라이 군.

약속할게, 손가락 걸고. 설마 사장인 내가 거짓말 하겠나.

그깟 주정 정도로 해고 하진 않는 다니까.

그만 둔걸요.

실은 지난번 회사에서도 술 먹고 실수해서

91

패나 고집 있는 친구 일세.

거 생긴 거완 달리

안 됩니다! 사장님. 제발 용서해 주세요.

토마토 주스.

마스터, 위스키.

위스키.

마스터, 토마토 주스.

고집은 사장님이 더 하시죠.

정말 괜찮으시겠습니까?

토, 토마....

맛있는 위스키 스트레이트 더블로 둘.

마스터.

그럼 이게 좋겠네요.

맛있는 위스키라....

괜찮다니까. 일단 빨리 맛있는 위스키로 줘.

더 로열 하우스홀드

더 로열 하우스홀드 〈메모〉

　이름 그대로 영국 왕실 전용 술로서 일본으로 치면 황궁 전용 술이나 다름 없는 고귀한 위치에 있는 술이다. 흰색과 검은색 두 마리의 테리어로 친숙한 블랙&화이트와 같은 회사인 제임스 부캐넌사 제품이다. 로열 하우스홀드는 하이랜드 몰트를 듬뿍 써서 블렌딩한 12년산 고급품으로, 왕실용 특선품이 소량 시판되고 있는데 현재 일본에서밖에 구입할 수 없다.

응?

이렇게 잘 마시면서 토마토 주스가 어쩌구 하다니….

예끼, 이 사람!

어이, 갑자기 왜 그래?

왔어요 ….

……

쿵

시라이 군.

시라이 군.

시라이 군.

시라이 군.

시라이 군.

사장님.

괜찮나?

어, 정신이 들었구만.

그 상처.

어, 어떻게 된 거예요?

전 괜찮습니다.

예.

걸을 수 있겠나?

오늘은 그만 가서 푹 자게나.

예.

그보다 자넨 괜찮은 건가?

아무 것도 아닐세.

먼저 실례하겠습니다.

그럼 조심해서 가게.

PART, 21 END

PART, 22

중국을 마시다

어서들 와요.

좋은 밤.

저야 말로.

잘 부탁 드립 니다.

미나미 건설 영업부인데, 다음 달에 중국 으로 간대요.

야마 자키 라고.

마스터, 내 후배 예요.

104

그 외엔 아무것도 모르는데요.

내가 중국에 대해 아는 거라곤 중국의 술뿐,

많이 가르쳐 주십시오.

가기 전에 중국에 대해서 배우고 싶다고 해서 데리고 왔어요.

그렇긴 하죠.

거기선 일 얘기도 모두 건배로 시작해서 건배로 끝난다고 들었거든요.

그 술 얘기로 충분합니다.

건배용 술이 따로 있으니까.

맥주로는 건배 안 해요.

이야기를 시작하는군요.

먼저 맥주로 건배를 하고 나서

덜컥―

잠깐 기다려 보세요.

어떤 술입니까?

예? 건배용 술이 따로 있어요?

105

구이저우 마오타이주
(貴州茅台酒)

마오타이주 〈메모〉

　하얀 도자기에 '貴州茅台酒'라는 빨간색 라벨이 붙어 있는 강렬한 디자인때문에 한 번 보면 잊혀지지 않는다. 중국의 백주(白酒 바이주)는 증류주를 말하는 것으로, 중국 역사 4000년에 비해 증류주의 역사는 의외로 길지 않다. 즐겨 마시게 된 지는 약 300년 정도라고 하지만 지금은 없어서는 안 될 술이 되었다. 백주가 중국의 술 생산량에서 차지하는 비율은 전체의 약80%로, 백주 중에서도 마오타이의 인기는 가히 최고라 할 수 있다.

중국식 건배는 일본과 약간 다릅니다.

이게 마오타이 인가….

실제로 한번 해보는 게 빠르겠죠.

말로 설명하기 보다

어떻게 하면 되는 거죠?

허.

중국식 건배 실습.

좋았어. 합시다, 해요.

손에 들고

찰랑찰랑하게 따른 마오타이를

술을 남겨선 안 돼요. 완전히 비우는 겁니다.

그리고 나서가 중요한데요.

'건배' 라고 말을 합니다.

한 사람 한 사람의 얼굴을 본 후에

건배!!

자, 그럼 갑니다.

진정한 의미에서의 *'건배 (乾杯)' 이군.

아, 과연.

쭙

건배!!

건배!!

108

푸핫!!!

쭙

쭙

엄청 독하
군요, 이 술.

우와~!
마스터,
뭐예요?

히익—

물처럼
생겨서 아무
생각 없이
마셨어.

그러니
독하지.

53도?!

알코올
53도
거든요.

중국의 주종은 일반적으로
백주와 황주 두 가지인데, 중국
발음으로는 바이주,
후앙주라고 합니다.

황주는 양조주죠.

그렇습니다. 바이주는 증류주고

이게 바이주.

예? 또 해요?

다시 건배를 합니다.

또 뭘 해요?

건배가 끝난 다음에는

실제로 해봅시다.

어떻게요?

건배를 합니다.

우정을 담아 서로의 이름을 불러가며

쭉

건배!!

아, 예.

마쓰다 씨, 건배!!

이렇게 독한 술은 한번에 못 마시겠어요.

난 기권.

진짜로 다 마셨다는 증거로 잔의 바닥을 상대에게 보입니다.

잔을 비웠으면

이거 어지간히 술이 세지 않으면 못 따라 가겠는데요.

아무리 매너라고 해도 그렇지…

상대한테 큰 실례가 돼요.

그건 매너에 어긋납니다.

나도 나도.

꼭 좀 알아두고 싶네요.

어떤 방법인데요?

그럴 때 꼭 방법이 없는 건 아니지요.

그러면 원샷이라도 어떻게든 따라갈 수가 있겠네.

아, 그렇구나.

잔에 조금씩만 따르게 하는 거예요.

수의?
중국말인가요?

술을 마시기 전에 '수의(隨意, sui yi)' 라고 말을 하는 겁니다. 전 천천히 마시겠습니다, 하고 미리 신고를 하는 거죠.

한 가지 더.

그렇다면 나도 따라갈 수 있겠어요.

오, 이거 좋은 거 배웠는걸.

'중국어로는 편히, 편할 대로' 라는 의미거든요.

그렇습니다.

전 수의로.

아이고, 전 못합니다.

야마자키 씨, 건배!!

자, 그럼 실습 제 2탄으로 들어갈까요?

자, 야마자키 씨.

꿀꺽

자존심이
상하는 걸.

하지만
수의라고
말하는 게
왠지

그러면
되는 거네.

오,
과연.

아, 죄송
합니다.

마스터
건배!!

야마
자키 씨,
건배!!

마스터,
건배!!

꿀

꿀

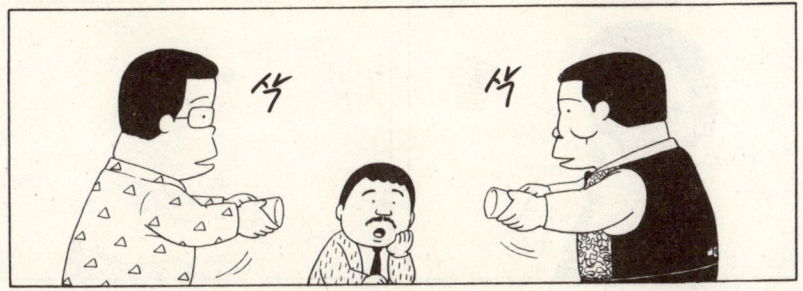

삭

삭

쫘 하하 하하

흠, 왠지 중국 외교의 실마리를 찾은 것 같은 기분이 드네요.

....

마스터 건배!!

나도 건배 할래.

에잇, 약 올라.

쭙

마쓰다 씨, 건배!!

자요,
마스터.

자,
마쓰다 씨.

선배님,
한 잔 하시죠.

하 하 하 하 하

수의하실
겁니까?

응?

마쓰다
선배님,
건배.

야마
자키 씨,
건배.

마쓰다 씨,
건배.

안 해! 나도
건배다.

115

척

쭙

휘청

어라?

와하하 하 하

마스터는 건배
하시든 말든…
난 수의…

그, 그만,
수, 수의….

두 분 다
왜 그러십
니까?

중국에 간 야마자키 한테서 편지가 왔어요.

마스터.

지금도 야마자키 씨는 '건배'를 외치고 있을지도 모르겠네요.

마스터, 잘 계십니까?
그날 레몬하트에서 훈련한 덕분에
여기 중국 사람들로부터
신인이지만 쓸 만한 녀석이라며
꽤나 신용을 얻고 있습니다.
정말 감사 드립니다.

PART, 22 END

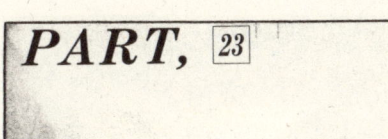

PART, 23

이국의 하늘 아래

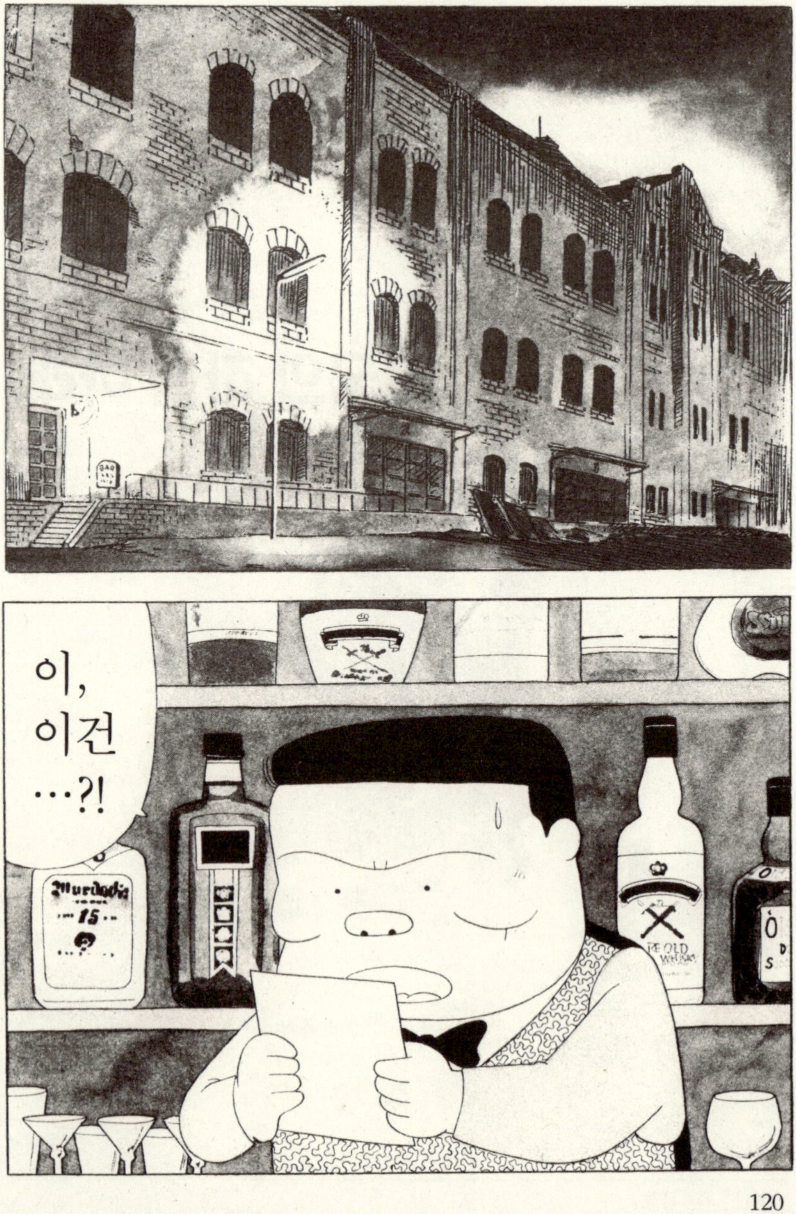

이,
이건
…?!

전 글렌 그랜트에 38년산이 있다는 것조차 몰랐는 걸요.

흔하다 어쩌다 할 정도의 물건이 아닙니다.

역시 흔한 술은 아닌가 보죠?

어쩐지 안 팔려고 하더라니.

역시 그렇군.

이겁니다.

YEARS
38
OLD

38년 이라니?

가게 주인한테 사겠다고 했더니 컬렉션이라며 파는 물건이 아니라지 뭐요.

스코틀랜드의 더프타운이라는 동네 술집에서 봤소.

이걸 어디서…?

그러고 보니 '낫 포 세일' 이라고 병에 붙어 있었지.

NOT FOR SALE

아뇨, 글렌 그랜트 자체는 그리 드물진 않습니다.

근데 글렌 그랜트라는 게 그렇게 희귀한 위스키요?

사진만이라도 찍게 해달라고 부탁해서 찍어온 거요.

팔지 않을 거면

오, 있다고?

저희 가게에도 몇 가지가 있지요.

글렌 그랜트 10년산.

GLEN GRANT

GLEN GRANT
DISTILLERY

123

여기도 있었네.

어, 진짜.

뉴보틀 글렌 그랜트.

바로 이 38년 이라는 게 희귀한 겁니다.

그러니까 글렌 그랜트 라는 술 자체가 아니라,

발렌타인 30년.

그 이상 된 위스키는 없는 줄 알았거든요.

발렌타인 30년이 제일 오래된 위스키고,

사진이라도 찍어오길 잘했구만.

마스터도 몰랐다니,

124

무슨 일이 있어도 받아 오셨어야지요.

엉?

잘하신 게 아닙니다.

제가 부탁해 보겠습니다.

상대방이 팔지 않겠다고 버티는데….

어떻게 그래….

알고 있습니다. 저도 여러 번 가 봤으니까요.

내일 가서 부탁해 보겠습니다.

스코틀랜드요! 런던에서 비행기 타고 또 차로 몇 시간이나 가는….

부탁해 보다니, 거기가 무슨 옆 동네 술 가게인줄 아나..

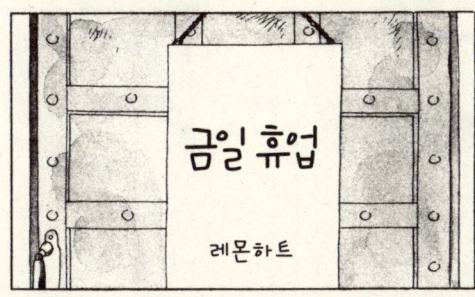

금일 휴업

레몬하트

저, 정말 …?

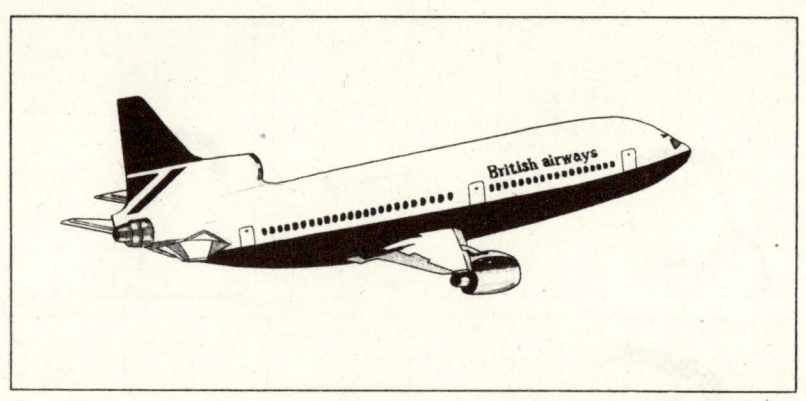

네스호라…
5년 만
이로군!

여기서
더프타운은
그리 멀지
않으니…

자~ 그럼
어디 가
볼까?

126

여기다.

127

과연 더프타운의 술가게 답군. 진열해 놓은 게 온통 스카치 위스키뿐이야.

25년산 글렌 파클라스…, 이걸 이렇게 놔두다니.

음?!

문제의 글렌 그랜트는 어디에 있는 거야…?

128

이, 이렇게 빌겠습니다. 저한테 양도해 주세요.

일본?

일본에서요.

어디서 오신 게요?

여, 여기 있는 걸 다…?

다른 건 다 마셔 봤어요.

저거 말고도 진귀한 스카치는 많이 있어요.

저건 팔 수 없지만

저 스카치를 어떡할 셈이오?

혹시 내가 넘겨 주겠다고 하면

아직 마셔 본 적이 없어요.

하지만 글렌 그랜트 38년은

130

당신 컬렉션으로 갖다가 모셔 놓는 게 아니고?

물론 마시죠.

알겠습니다.

마셔 봐야 그 가치를 아는 거죠.

아무리 맛있는 술이라도 갖고만 있다면 아무런 가치가 없습니다.

노!

고, 고맙습니다.

당신의 그 말이 마음에 들었어요.

넘겨 드리지요.

하도 귀찮아서 아예 마셔버릴까 하는 생각을 몇 번이나 했는지 몰라요.

나도 당신처럼

이걸 넘겨 달라며 끈질기게 찾아온답니다.

솔직히 말하면, 매일같이 많은 사람들이

131

자요.

도저히 마실 용기를 못 내고 있었지요.

하지만 할아버지가 소중히 간직한 술이다 보니…

따닥

같이 들어 주십시오.

제 감사의 표시입니다.

빌려 주시겠 습니까?

잔 두 개만

으음, 좋네.

고마 워요.

쭙

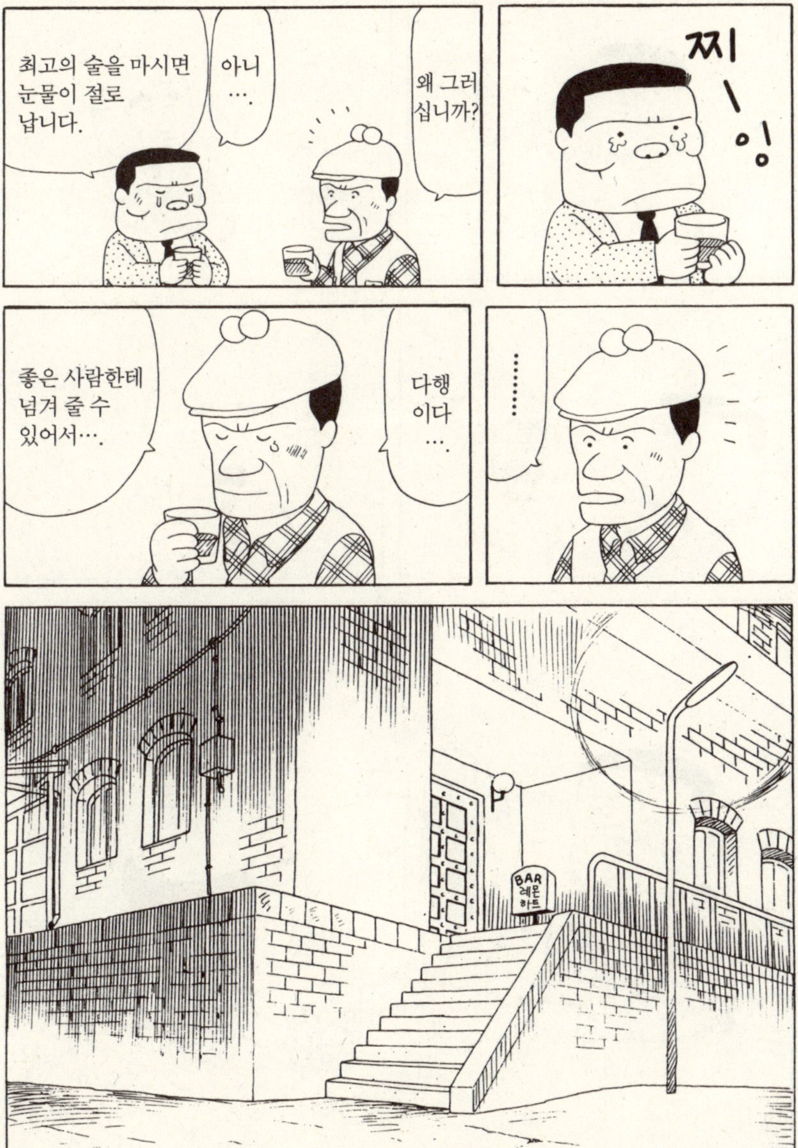

최고의 술을 마시면 눈물이 절로 납니다.

아니....

왜 그러십니까?

찌ー잉

좋은 사람한테 넘겨 줄 수 있어서….

다행이다....

....

예, 결국 얻어냈지요.

마스터, 그 술 얻었소?

그럼 요 ....

있는 거요?

어? 정말로? 그럼 여기

......

내가 찍은 사진이랑 별반 다를 거 없구만.

뭐야, 빈 병이네.

PART, ⟨23⟩ END

PART, 24

하룻밤에 생긴 일

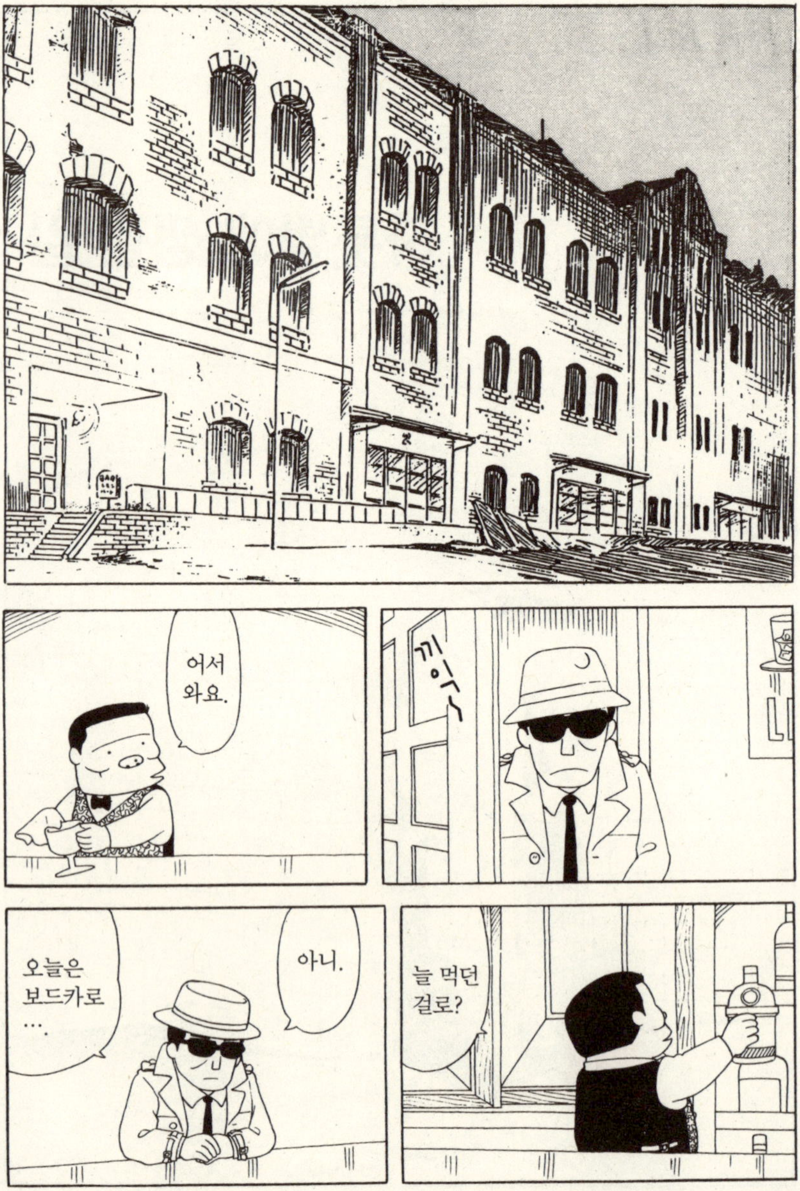

어서 와요.

끼익~

오늘은 보드카로….

아니.

늘 먹던 걸로?

그에게 뭔가 위험한 일이 일어났을 때이다….

그가 보드카를 주문할 때는 반드시

그 순간, 나는 불길한 예감이 들었다.

보드카…?

차갑지 않은 걸로 줘.

실버라도.

보드카는 뭘로?

탁

꽈앙

차갑지 않은 실버라도!!

알았어요.

빨리 줘.

이, 이 사람….

이건 결정적이다.

실버라도 〈메모〉

보드카는 12세기경 러시아에서 처음 나온 걸로 알려져 있지만, 확실하지는 않다. 또한 예전에는 보드카로 러시아를 꼽았으나, 현재는 네덜란드, 독일, 핀란드, 캐나다, 폴란드, 스웨덴 등등 일일이 헤아리자면 끝이 없을 정도로 세계 각국에서 만들어지고 있다. 실버라도는 미국에서 만들어지고 있는 보드카이다. 보통 옥수수와 감자를 주원료로 하여 보드카를 만드는데 비해, 실버라도는 유일하게 포도만을 사용하여 빚고 있는 굉장히 희소성이 있는 보드카이다. 포도를 원료로 하면 브랜디가 되지만, 실버라도는 뛰어난 *스피리츠로 태어났다. 참고로 보드카에 토마토주스를 넣으면 '블러디메리'라는 칵테일이 된다.

당신 이랑은 상관 없어….

위험한 일인 가요?

한 잔 더….

탁

……

털어놔 봐요.

매정 하군 ….

개인 적인 일이야.

어지간한 일 아니면 도와 줄게요.

좋은 밤임 다.

실은 ….

어 ….

잘 마셨네 ….

턱

탁!

내, 내가 뭘…?

눈치도 없이 왜 하필 그때 들어오는 거야?!

마쓰다 씨!

안경 씨….

저, 저기 무슨 일이에요?

미안해요. 뭔진 모르겠지만….

이미 지나간 일이니….

그만 됐어요.

난 도무지 무슨 말인지 모르겠잖아요.

그러니까 무슨 얘기?

막 얘길 꺼내려던 참이었는데….

아까 안경 씨가 놓고 가던데.

마스터, 저건 뭐예요?

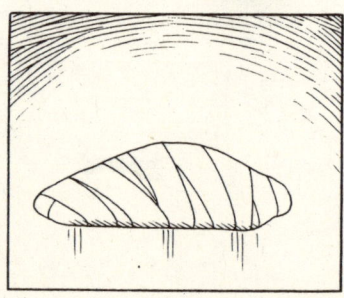

우왓!

이런 물건이지.

……

이거 말인가.

줄곧
탐내고
있었어
....

3년 전에
안경씨가
이걸 썼을
때부터

진짜로
위험하다
구요.

마, 마스터.
위험하
잖아요,
그런 물건.

· · · · · · ·

사람
싱겁
게!

그럴 줄 알았
어요. 괜히
놀래키고
그래.

뭐야,
역시
개그
잖아.

드디어
내 손에
들어왔다.

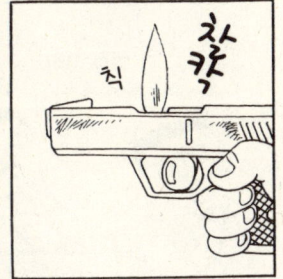

칙

착
착

아, 그
사람
요?

뭣?

예,
레몬
하트
....

찌리ᅳ링!

안경 씨
친구?

누군
데요?

끊어
버렸어
....

실례지만
성함이
....

조금
전에
나갔는데
....

143

안경 씨도 보통이 아닌걸.

우와, 외국여자….

여자 목소리였어요.

남자요, 여자요?

그럼 외국인?

말이 서툴던데….

왜요…?

금방 돌아오겠죠?

그래도

글쎄….

그럼 그 여자 만나러 간 건가?

· · · · · · · · ·

그야 저 잔….

마시다 만 실버라도는 조용히 주인의 귀환을 기다리고 있었다….

잔 안에는 내 바램이 담겨 있다.

144

저기
...

마스터,
술 떨어
졌어요.

조용히 좀
있어 줘요
....

자!

술
...

마스
터!

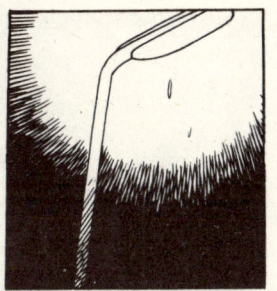

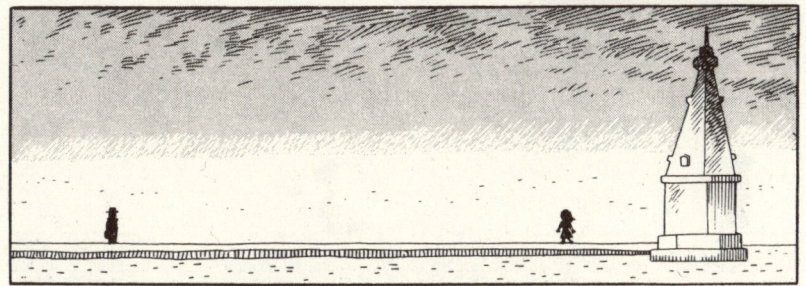

아니
….

잔 바꿔
줄까요
…?

툭

오늘밤 나한텐
블러디메리가
어울리니까….

PART, 24 *END*

PART, 25

5월병

어서
오십
시오.

끼익
~

· · · · · · ·

여기
마스터
입니다.

잘
오셨
습니
다.

안녕
하세
요.

마스터,
우리 후배
니시다에요.

우울해
보이
는데.

무슨 일
이에요,
두 분 다?

· · · · · · ·

· · · · · · ·

허어,
5월병
이로군요.

· · · · · · ·

이 녀석이 있죠,
올해 좋은 회사에
들어갔는데 때려치우고
싶다는 겁니다.

왜
그만두고
싶은
건데요?

· · · · · · ·

그래도
괜찮은
녀석이거
든요.

본래
칙칙한
성격이긴
하지만,

이렇다
니까요.

그게…
저도
모르겠
어요.

도대체
이유가
뭐야?

그게 영
확실치가
않다니까요.

153

밝고 좋은 직장이에요.

직장 분위기가 싫어?

무척 좋은 사람인데요.

혹시 상사가 마음에 안 드냐?

휴가도 1년에 열흘.

주 5일제에 공휴일 다 쉬어요.

휴일이 적어?

많다곤 할 수 없지만 만족할 만해요.

월급이 적냐?

테니스 클럽, 해안 콘도, 별장, 사택도 주고 1년에 한 번씩 여행, 회사 전속 클리닉도 있어요.

사원 복지가 시원찮아?

컴퓨터 회사인데요.

회사에 장래성이 없냐?

기껏 어렵게 들어가 놓고, 복에 겨운 놈일세.

경쟁률이 100대 1이었다면서!

저도 그 이유를 잘….

때려치우려는 이유가 뭐냐고?

끝내주는 회사네!

154

영 마음에 안 들어.

근데 그냥 그런 기분이라니,

나도 말리지 않는다고.

그럴 만한 이유가 있어서 그만두는 거면,

······

마스터, 어떻게 좀 해봐요.

구경 한번 해보실래요?

방요?

재미있는 방이 하나 있거든요.

니시다 씨, 이 건물 지하에

그런 얘기 나도 처음 듣는데.

뭐예요, 마스터.

가 보면 압니다.

재미있는 방이라니, 어떤 방인데요?

155

고민 있는 사람만 들어 가는 방 이니까.

마쓰다 씨는 됐어요.

온 사방이 고민투성이 라고요.

일거리 없어, 마감은 다가 와.

여자 없어, 돈 없어.

무슨 말씀, 나도 고민 많아요.

우왓 왓왓!

왓!

여기입니다.

그냥 빈 방이잖아요.

뭐야, 재미고 뭐고 아무것도 없구만.

예…?

어때요? 당신도 한번 해보지 않겠습니까?

전 뭔가 생각할 거리가 있을 때면 자주 이 방에 들어오곤 하죠.

예, 예.

마쓰다 씨는 나가 있어요!!

자, 그럼.

자, 잠깐
….

땅

문 열어요.

이런 데 있고 싶지 않다구요.

마스터, 열어 줘요.

160

빌어
먹을!!

내보내
달라고!!

대체 언제까지
이런 데 가둬 둘
셈이야?

인터
폰?

어, 이거
혹시….

아,
목말라!

하하하,
통했다.
진짜 인터폰
이네.

예,
말씀
하세요.

여보
세요.

다섯 시간?

그 문은 한번 닫히면 다섯 시간 동안 열리지 않는 전자 록입니다.

빨리 여기서 내보내 줘요.

저기요. 이제 됐거 든요.

거기가 화장실 입니다.

작은 문이 하나 더 있지요?

그리고 화장실 가고 싶으면 어떡하라고요?

목이 말라서 죽을 것 같단 말에요.

와, 그런 것도 돼요?

목이 마르시다면, 맥주라도 갖다 드릴까요?

저건 가 …

기 ─ 잉

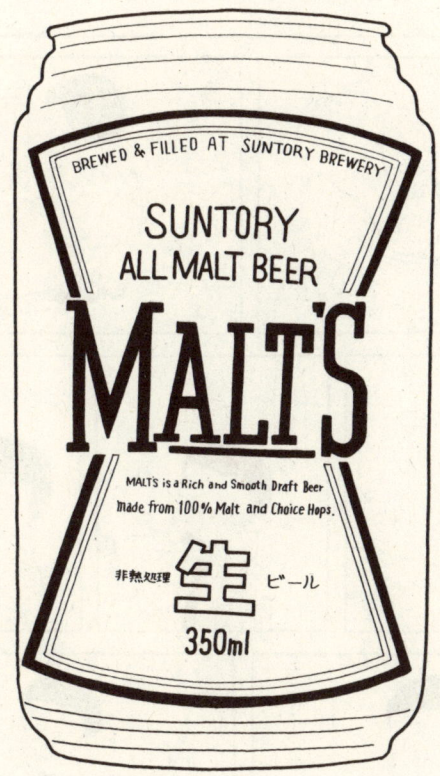

산토리 생맥주 몰츠

산토리 생맥주 '몰츠' 〈메모〉

'생(生)' 이란 종래의 가열살균법 대신 여과 방식을 사용하는 것으로, 이 방식을 쓰면 막 뽑아낸 진짜 맥주에 가까운 맛이 된다. 체코의 '자쯔호프' 와 독일 할레타워 산 '메로우호프' 는 세계에서도 대표적인 호프 산지로, 세계최고의 레벨로 평가받고 있다. 하면발효식인 '필스너 타입' 맥주는 현재 세계인들이 가장 많이 마시고 있는 맥주이다. '몰츠(MALTS)' 는 1989년 3월에 산토리가 새로 발매한 맥주로, 맥아와 홉만 사용해 만들었다. 원료 맥아는 필스너 몰트를 쓰며, 홉은 자쯔와 아로마를 사용한다. 획일적인 일본 맥주에 파문을 일으킨 화제의 맥주이다.

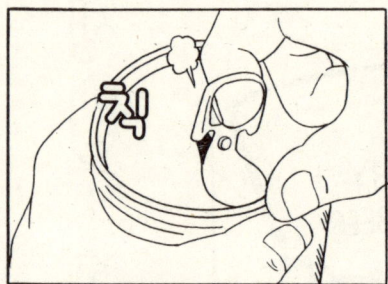

164

끼익—

문이
열립
니다.

다섯
시간이
지났습
니다.

••••••

조금만 더
있게 해
주세요.

생각이
정리될 것
같거든요.

PART, 25 END

PART, 26

6월의 신부

168

천만에요, 저야말로 그렇습니다.

아버지가 늘 신세를 지신다고.

처음 뵙겠습니다. 토모코예요.

아, 그러세요. 이거 축하드립니다.

그래서 같이 천천히 한잔 하는 것도 오늘이 마지막일 것 같아 데리고 나왔소.

실은 이번에 이 녀석이 시집을 간다오.

야마무라 씨, 잠깐 맥주라도 한잔 하고 계세요.

우리 둘이 천천히 마시고 있을 테니까.

아하, 다녀 오시오.

잠깐 지하 창고예요.

어디 가는 거요?

169

아마 그게 제일
아래층이었을
거야…

······

알아요. 아빠가 하시려는 말씀….

그러니 집안일은 모두 네가 맡아서….

토모코, 명심해라. 사내란 원래 밖에 나가면 일곱 명의 적이 있는 법이야.

엄마처럼 주정뱅이 남편한테 잔소리도 안 하고,

엥…?

항상 남편을 공경하고 무슨 일이 있어도 흔들리지 않는 사람이 되어야 한다, 이거죠?

늘 미소 지으며,

술 드실 때마다 하시던 말씀이잖아요.

그야 아빠가 항상

그래 그래, 잘 알고 있구나.

와핫하하

이거 오늘은 토모코한테 말발이 서질 않는구나.

와하하하 하!

엄마 같은 여자가 제일 좋은 거다. 맞죠?

역시 ....

다들 구식이니 뭐니 해도

오, 벌써 오셨소.

말씀 중에 죄송합니다.

내가… 마스터한테 뭘 맡긴 적이 있던가?

나한테?

돌려드릴 때가 온 것 같습니다.

야마무라 씨가 이전에 맡기셨던 것.

20여 년 전?

분명히 맡기셨습니다.

예. 20여 년 전쯤입니다만.

172

소흥화조주
(紹興花彫酒)

소흥주[紹興酒(花彫酒), 샤오싱주] 〈메모〉

　중국 절강성 소흥시는 상해 남쪽에 위치하여, 양질의 물과 토양의 혜택을 받은 수향지대(水鄕地帶)로서 세계적인 양조의 본고장으로 유명하다. 소흥주는 소흥 지방에서 생산되는 노주(老酒)에 부여된 고유 명칭으로, 그 역사는 무려 2000년에 이른다. 알코올 도수는 16~20도 정도. 원료는 찹쌀 100%이며 보리누룩으로 발효시킨 후, 단지에 넣어 3년 이상 숙성시켜서 맛이 부드럽고 뒷맛이 깨끗하다. 소흥주 중에서도 특히 오래 저장된 것을 '화조주'라고 하며, 옛날 중국에서는 여자아이가 태어나면 아름다운 문양이 조각된 단지에 화조주를 담아두었다가 출가할 때 들려 보내거나, 결혼식 때 개봉하는 등 경사스런 날에 사용하였다.

뭐가
요?

이
친구
한테요.

마스터,
생겼답니다.

아니, 좋은
일은 뭐.

10년 만
이라고요.

그것도
결혼한 지

오, 그거
경사스런
일이네요.

아이
말예요,
아이.

정년이 돼도
딸내미가
아직 학생
일 테니.

앞으로가
힘들겠구만.

남자로서
이미 끝났다는
소문이 다
돌았었다
니까.

회사에
서는
자네가
술을
하도
마셔서

아빠가 되더니 갑자기
간이 확 부었는걸.

하
하
하.

엇! 이 친구,
사장이 될 모양이네.

무슨 소리,
사장한테
정년이
어디 있나?

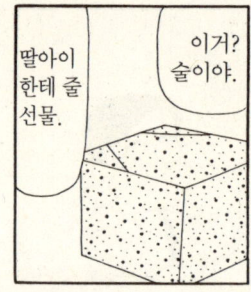

딸아이
한테 줄
선물.

이거?
술이야.

아까부터
소중하게
들고 있는
그게 뭔가?

그런데
야마무라.

말로만 선물
하고 실은
자기가 마시
려는 거
아냐?

애한테 술을
선물하다니?

딸? 아직
갓난애잖아.

소흥
주.

이건
중국술
이야.

자네들
모르나
본데.

시끄
러워!

과연 야마
무라다운
선물이네.

그렇
구나.

중국에선 여자아이가
태어나면 이 술을 땅에
묻었다가 그 아이
결혼식 때 꺼내 축하를
한다는 술이야.

사흘이면
없어질걸.

안 돼, 안 돼.
야마무라
네 집에 둘
거잖아.

앞으로 20년
이나 묻어
둬야 하다니
….

하지만 참
까마득한
얘기네.

마스터,
맡아 주실
거죠?

그래서 이렇게 레몬하트
마스터한테 맡기려고
갖고 온 거야.

예, 제가
잘 보관하고
있겠습니다.

177

어머나, 내가 태어났을 때 맡기신 술이란 말예요?

그래. 그때 그 술이로구만.

맡아 주셨네요.

그걸 마스터는 진짜로 20년 동안이나

술기운에 그만 어려운 부탁을 드렸었지.

까맣게 잊고 있었구나.

저한텐 술이 제 자식 만큼이나 사랑스럽거든요.

자화자찬이긴 하지만, 운이 좋으셨던 겁니다.

마스터, 고맙소.

여기서 이걸 개봉하는 날까지.

이 아이의 결혼식이 끝난 다음에 사위하고 아내하고 넷이 함께

마스터, 기왕 맡아 주신 거 며칠 더 맡아 주시구려.

앞으로 10일 이든 한 달 이든 며칠 정도야.

20년간 맡아두고 있었는걸요.

마스터, 그래도 돼요?

찬성!!

고마워요, 마스터.

그럼 토모코 씨, 부디 행복하세요.

벌써 장마 시작인가?

비가 그치질 않네요.

아니다, 조금 취해서 그런지 비가 시원한 게 기분이 좋구나.

젖어요, 아빠. 우산 쓰세요.

아빠, 이젠 연세 생각하셔서 술 너무 많이 마시지 마세요….

그럴 수는 없지.

180

왜긴, 하나뿐인 딸이 없어지는데.

왜요?

제 결혼 반대하시는 거예요?

아유, 고집도 정말!

술도 못 먹으면 무슨 낙으로 버티겠니?

솔직히 정년 퇴직 전에 네가 시집가게 돼서 안심이야.

아니 아니, 그냥 농담이다.

너 그거 나쁜 버릇이야.

이 녀석, 또 말허리를 자르네.

나한텐 사랑하는 아내가 있다.

비록 딸자식은 옆에 없겠지만….

181

... 알았다.

엄마도 걱정 하신다고요….

하지만 정말로 술 너무 많이 드시지 마세요.

잘 살 거라!

토모 코.

…그치만 레몬하트 라면 특별히 봐줄게요.

하하하, 그렇구나 ….

물론이죠. 전 6월의 신부인걸요.

PART, 27

소문난 챌린저

BAR
레몬
하트

히요코

- SNACK·HIYOKO -

다양한 술 구비!
양주라면 뭐든지
다 있습니다.

SNACK
히요코

샤또 라피트
로트실트!

뭐요?

그럼 저 밖의
간판은 다
거짓말이네.

없구
면.

예
…

그런 건
우리
가게
에….

없어
요…
?

어,
그거!

184

그럼 이 가게는 나한테 거짓말을 한 거네.

그렇지.

양주죠.

아뇨, 그거야….

그럼 샤또 라피트가 일본주였나?

뭐? 와인은 양주가 아니라고?

하지만 저어… 와인은 그게….

당연하지!

저… 오늘 술값은 안 받을 테니….

죄송합니다….

이 뺑쟁이 양반아!

그러니까는 무슨!

아니, 그러니까요.

마스터, 마스터.

이런 가게 두 번 다시 오나 봐라!

아마도요….

챌린저 히로란 놈이.

그래, 저 놈이었군.

저 놈이….

뭐?

저 녀석 혹시….

그런 그에게는
또 다른 이름이
있었다.
'공짜 술꾼'
히로….

챌린저 히로…
사람들은
그를 그렇게
부른다.

SNACK
김교

김교

PUB
메다카

AR
유

아
유

그의 입장에서 보면
공짜술이 아니라
음식점에 대한
도전인 듯하다.

그는 다양한 수법을
동원해 합법적으로
(그는 그렇게 생각하고 있다)
공짜술을 먹고 다닌다.

이크
크…!

그놈
맞네
요.

역시 지난
번의….

어이.

*캡슐호텔(Capsule hotel) : 일본에서 개발된 취침과 TV시청 등의 최소한의 공간만을 제공하는 저렴한 호텔이다.

이삿짐 한번 단출해서 좋네.

이게 다인가….

감짝

탕 탕

보증금도 아까운데….

다음부턴 *캡슐호텔에 가 있을까?

188

난 또, 린이었군.

휴~!

있는 거 알아. 문 좀 열어.

하야시 라고

....

히로, 나야.

들어 와….

뭐 안 좋은 일이라도 있었나?

무슨 일이야? 문까지 잠그고.

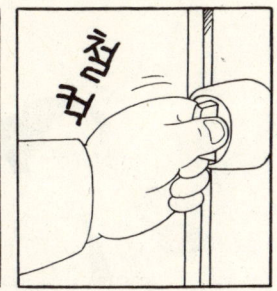

철 컥

짐도 거의 없어서 이사라고 하기에도 좀 뭐하지만.

그래 ….

혹시 또 이사 가냐?

어라?

4개월 이다.

겨우 반년 있어 놓고.

뭐가 너무 오래야.

너무 오래있 었어.

이 동네 도,

189

아, 맞다.

……

이별 선물이야.

이거 줄게.

자.

지금 갚을게.

너한테 2만 엔 빌린 거 있었지? 미안, 미안.

그저께 마지막 큰판에서 싹쓸이 좀 했지.

괜찮다니까! 나 돈 있다구!

요새 파칭코도 잘 안된다며.

됐어. 넣어 둬.

5만 엔이나 되는데?

히로.

그렇게 돈도 있으면서 왜 공짜 술을 먹고 다녀?

뭔데 그래? 정색을 하고.

한 가지 물어도 돼?

저기 말야, 히로….

190

옛날에 나 말야…

별로.

아니 ….

기분 상했어?

미안 ….

일주일에 한 번 선배들과 근처 대포집에서 술자리 하는 것 정도였지….

낙이라곤…

그때 난 작은 공장에서 매일같이 땀 흘리면서 일을 했어.

물 관리 한다 이거지.

첫 가게부터 바로 퇴짜를 놓더라고 ….

지금 생각하면 생 촌놈 같은 꼬라지였지.

그렇게 3년째 되던 여름…, 혼자서 신주쿠로 나간 거야! 5만 엔을 들고….

난 바로 자신감이 생겼지.

그때 어떤 예쁜 누나가 나를 부르더라고.

터덜터덜 걷고 있었어.

난 그만 기가 죽어서 꼬치집에서 씁쓸하게 한잔 하고는…

191

빗속에 알거지로 쫓겨났어…
눈 깜짝할 사이에 전 재산과 시계까지 털리고는

지금 생각하면 정말 뻔한 거였는데.
쳇.
그거 조폭 술집 아냐?

날 바보 취급한 놈들! 언젠가 기필코 복수해 주마, 하고…
생각하고 생각하고 그리고 결심했지.

길 한가운데 서서 생각했어. 생누더기 꼴로…
난 차비도 없이…,

좋은 가게도 분명히…
하지만 모든 가게들이 다 그런 건 아닐 걸.

술에 대해 공부하느라 시간도 많이 버렸지만 말야…
그때부터 놈들에 대한 도전이 시작된 거야.

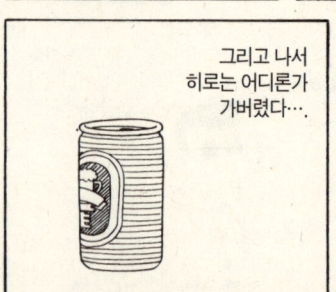
그리고 나서 히로는 어디론가 가버렸다…

없어!
탁

192

카운터
로 앉으
시지요.

혼자 오신
모양이
군요.

영업
해요?

저기
요.

처음 간 가게에서
있을 것 같지
않은 술을
주문한다.
샴페인이
딱이지.

히로의
첫 번째 공격.

돔
페
리
뇽.

뭘로
드릴까
요?

돔 페 리 뇽

돔 페리뇽 〈메모〉
　와인에는 스틸 와인(비발포성)과 스파클링 와인(발포성), 두 가지 타입이 있다. 이 중 프랑스의 샹파뉴 지방에서 양조된 스파클링 와인이 샴페인이다. 샴페인 중에서도 세계적으로 유명한 '돔 페리뇽'은 모엣샹동사의 최고급 라벨로, 1670년경 샹파뉴의 오빌리에라는 수도원에 있던 돔 페리뇽이라는 수도사의 이름에서 따온 것이다. 그는 이 수도원의 와인 창고 담당이었는데 어느 날 와인 마개가 터져나가며 술통 속에서 거품이 뿜어 나오고 있는 것을 보고 그 맛에 놀라 '하늘의 별 같은 맛이다' 라고 했다고 한다. 그때부터 돔 페리뇽 수도사는 샴페인의 아버지로 불리웠다.

히로의 두 번째 공격. 샴페인 샷으로 주문하기.

그럼 미안하지만 이거 샷으로 줄래요?

있어요?

앗?

예, 여기 있습니다.

진짜로…?

예…?

시원합니다!

드시죠.

세 번째 공격. 공포의 '술 바꿔 샷으로 주문하기'. 이걸로 반은 죽는다.

저기, 이번엔 샤또 오존느 80, 레드를 샷으로.

하지만 질 순 없다.

히로, 조금 당황.

하지만 여기서 물러서면 챌린저의 위신이 떨어진다.

히로, 점점 더 당황.

예, 드시죠.

희귀한 담배, 그것도 한개비!! 히로의 네 번째 공격이다!!

나왔다. 결정타!!

폴몰 멘솔 한 개비만.

담배 줘요.

나도 5년 전에 세브 공항에서 한 번 피워 본 게 다라고.

후후후, 있을 리가 없지.

분명히 여기 어디 있었는데.

이상 하네.

뭐하세요 …?

어라?

5년 전의 그 맛이었다…!

분명히 그것은

비닐을 뜯은 거니까 몇 개비 피우시지요. 서비스 입니다.

아, 겨우 찾았습니다.

예.

마스터, 계산!

히로, 이대로라면 지고 만다.

이젠 깍기 작전밖에 없군…

왜 그러 십니까, 손님…?

싸다…. 이래선 깍기 작전도 못 써….

1500엔.

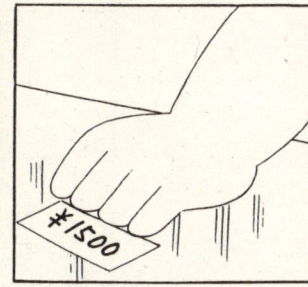

"외상"

나왔다. 악질 초꼼수. 히로 비장의 기술…

달아 둬요.

저기 ….

박살!

히로의 공격.

예, 좋습 니다.

호앙~~~~!

히로의 마음에
변화가 일어
났다…!

우리
손님.

마스터,
지금 울면서
나간 사람
누구?

당연히 레몬하트의
단골이 되어
버렸지….

그 후 히로가 어떻게
되었느냐고…?

PART, 28

단 한 사람의 송별회

좋은
아침.

영업부
2과

조 ─ 용

좋은
아침
입니다.

아,
계장님.

다들 술이
덜 깨서
인사도 받기
싫단 표정
이네!

어떻게
된 거야?

예?

회의실로
좀 가세.

좋은
아침
입니다.

아, 과장님.

테라다
군, 잠깐.

200

어젯밤에 오자와 부장님한테서 전화가 왔는데 말야.

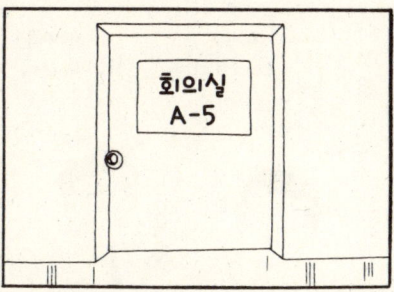

회의실 A-5

사태가 안 좋아….

나나 자네나 오자와 파잖나.

너무 갑작스런 이동이라.

그래, 나도 깜짝 놀랐어.

오자와 부장님이 오사카로요?

예?

….

오오타 차장님이라….

오오타 차장이 부장으로 승진해서 영업부로 오는 모양이야.

그럼 영업부장은 어느 분이?

이 사람, 태평하기는!

전 제 일이나 열심히 할랍니다.

회사가 정한 일인데요, 뭐….

뭔가 구리단 말야.

인사 이동은 6월에 다 끝났는데 이런 일이 생기다니.

부장님이 하지 말라고 했단 말야.

그건 좀 너무하잖아요.

안 하다니, 8년이나 같이 일을 해왔는데,

안 해.

오자와 부장님 송별회는요?

다른 사람들에게도 얘기 할게요

그럼 오늘 저녁밖에 없네요.

단신 부임으로….

그래, 내일 출발한대.

부장님 아직 도쿄에 계시죠?

오늘은 7시 부터 오오타 부장님 환영회라고!

잠깐!!

테라다 군.

따로 부른 이유는 그 얘길 하기 위해서야.

뭘 어떡해! 영업2과 전원 출석해서 오오타 부장님을 환영해야지.

어떡하죠?

아니, 왜 또 하필…

예?

202

203

부장님!!

자네 고집도 알아줘야겠군. 내가 졌네.

부장님, 그런 말씀 마십쇼.

하지만 오늘 오오타 부장 환영회를 빼먹고 나를 만났다는 걸 알면 앞으로 자네 입장이 곤란할 게야….

개인적으로 인사를 드리고 싶었을 뿐입니다.

그저 8년간 지도를 받았기에

게다가 부장님이 어떤 이유로 전근을 가시는지 그런 걸 여쭙고자 찾아온 것도 아니에요.

회사 윗분들 일은 잘 모릅니다.

204

가지.

알았네.

송별회에 자리해 주시지 않겠습니까?

저 하나 뿐이긴 합니다만,

이렇게 요란한 건 싫다니까....

나 원....

부장님, 여깁니다.

오자와 부장님 송별회장

BAR
레몬

마스터, 부장님 모시고 왔어요.

오늘만 참아 주십시오.

부장님 취향이 아니신 줄 압니다. 8년이나 같이 있었으니까요.

부장님, 모자란 저를 8년간 여기까지 이끌어 주셔서 진심으로 감사드립니다. 오사카에 가셔도 항상 몸조심 하시고, 무슨 일이든 잘 되시길 빌겠습니다.

잔을 들기 전에 먼저 인사를 드리겠습니다.

고맙네.

건배!

건배!

예….

마스 터.

206

예, 있습니다.

드람뷔 있습니까?

그걸 한 병 테라다 군한테 선물하고 싶소.

그럼 테라다 군, 먼저 일어나겠네.

알겠습니다.

잘 지내게….

고맙네.

부장님, 건강하세요.

드
람
뷔

드람뷔 〈메모〉
　‘드람뷔’란 영국 하이랜드 지방의 방언인 게일어로 '만족할 수
밖에 없는 음료' 라는 뜻으로, 영국이 자랑하는 세계적인 명품 리
큐르이다. 1745년 스튜어트 왕가만의 문외불출(門外不出)의 비
주(秘酒)로서 오래된 역사와 전통을 가지고 전해져 오던 것을,
비법을 전수받은 맥키넌이 150년이 지난 1906년에 시판하기 시
작했다. 하드보일드 명배우 험프리 보가트가 즐겨 마셨던 술로
도 매우 유명하다.

나한테
주셨을까
…?

부장님이
왜 이
술을

드람
뷔?

예,
몰라요.

테라다 씨,
드람뷔의 역사에
대해 잘 모르시는
모양이네요.

괜히 뜸
들이고
…

뭔데요?
마스터.

들어
보시겠
습니까?

얘기하자면
조금 긴데

듣고 싶어요. 아니 꼭 들려 주세요.

예? 정말요?

부장님이 무슨 얘기를 하고 싶으셨는지 알 수 있게 되니까요.

그야 그 역사를 알게 되면

스코틀랜드의 스튜어트 왕가에만 전해 내려오는 비전의 술이었어요.

좋아요. 잘 들어 보세요. 원래 이 '드람뷔' 라는 리큐르는

그래서요 …?

1745년, 스튜어트 왕가의 찰스 에드워드 왕자가 왕위 계승을 둘러싸고 전쟁을 시작했다가 그만 패배하고 스코틀랜드 서부로 후퇴한 일이 있었습니다.

그보다 먼저

결국 졌구나.

정부군에 막혀, 그만 후퇴하고 말았죠.

그때 하이랜드 지방의 호족들이 왕자 편에 붙어 다시 반격, 런던 근처까지 밀고 올라왔었는데….

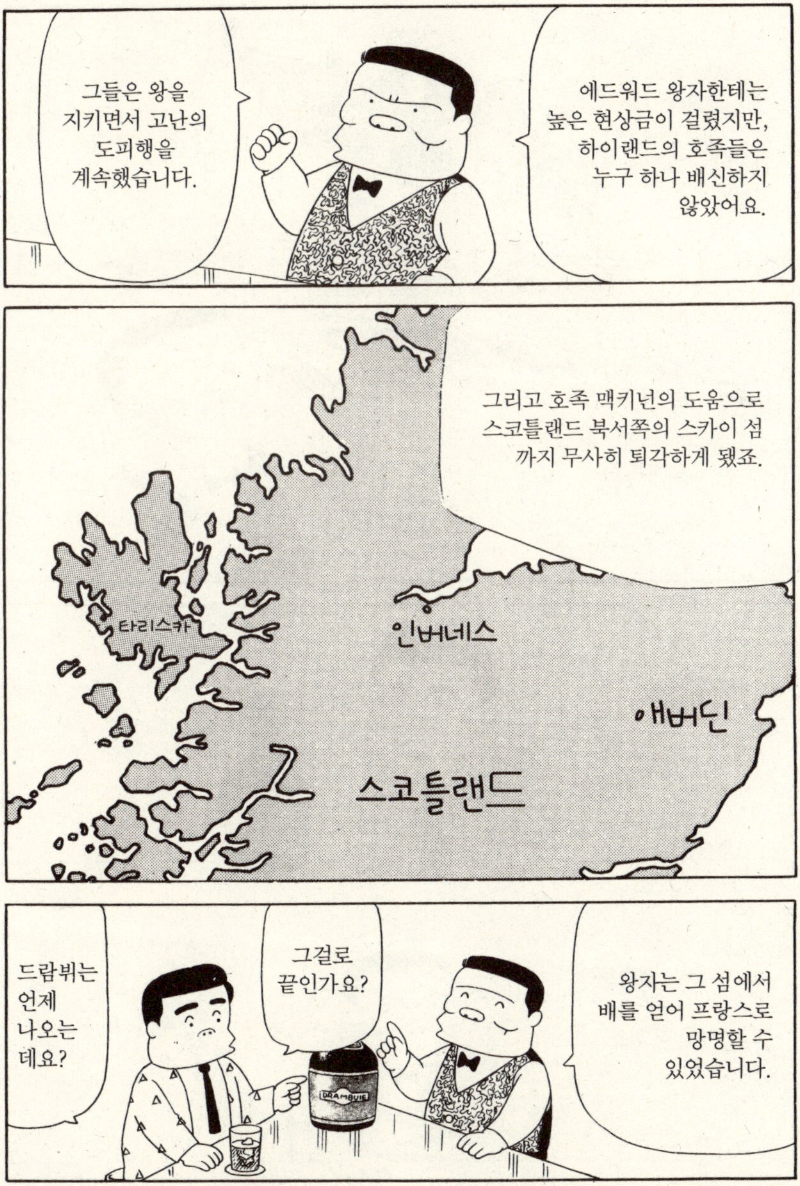

그들은 왕을 지키면서 고난의 도피행을 계속했습니다.

에드워드 왕자한테는 높은 현상금이 걸렸지만, 하이랜드의 호족들은 누구 하나 배신하지 않았어요.

그리고 호족 맥키넌의 도움으로 스코틀랜드 북서쪽의 스카이 섬까지 무사히 퇴각하게 됐죠.

타리스카

인버네스

애버딘

스코틀랜드

드람뷔는 언제 나오는데요?

그걸로 끝인가요?

왕자는 그 섬에서 배를 얻어 프랑스로 망명할 수 있었습니다.

DRAMBUIE

스튜어트 왕가 대대로 전해 내려오던 비전 '드람뷔'의 비법을 하사한 겁니다.

에드워드 왕자는 그런 맥키넌 일족의 헌신적인 충성에 대한 보상으로….

그로부터 150년이 지난 후였죠.

절대로 외부 노출을 금했던 왕가의 리큐르가 세상에 나오게 된 것은,

들고 있어요 ….

잠깐, 테라다 씨, 듣고 있어요?

부장님의 마음을.

마스터, 알았어요.

충성스런 맥키넌에 비유한 거죠.

그렇습니다.

나를 ….

패하고 떠나는 왕자가 부장님이고 ….

비즈니스는 냉정하게, 눈물은 싫다고 하셨던 부장님이….

PART, 28 END

PART, 29

산골짜기의 비주(秘酒)

어서
와요.

좋은 밤
입니다.

끼
익

*치치
부(秩
父)
깡촌
요.

그것도
엄청
험한 데.

갔다
왔죠.

어디 갔다
왔어요?

한동안
안 보이
던데,

216

정말 험한 곳이더라구요!

100살 넘은 사람이 치치부 구석에 있대서 그 골짜기 까지 찾아 갔다는 거 아닙니까.

예. 어느 건강 잡지에서 이번에 장수 특집을 하는데,

치치부?

올 때 선물을 주더라고요.

겨우겨우 만났죠.

그래서 그 사람은 만났어요?

그런데 이게 웬일….

나도 그 '설마' 가 아닐까 생각 했지요.

설마 보석 상자는 아니겠죠?

바로 그 술이라고요.

희귀한 술 뿐이에요.

나를 놀라게 할 수 있는 건

이거 보면 마스터도 깜짝 놀랄 걸요?

치치부자쿠라

(秩父櫻)

*정미도 : 쌀겨를 얼마나 깎았는지를 %로 나타낸 것이다.

치치부자쿠라(秩父櫻) 〈메모〉
　　치치부자쿠라는 탁주(濁酒)의 한 종류로서 도부로쿠라고 읽는다. 이술은 오로지 손으로만 직접 빚어낸다. 물은 치치부의 천연수를 쓰며 원료인 쌀은 연질미를 쓰는데, 품종은 정확하지 않다. *정미도(精米道)는 전통 맷돌을 써서 20% 정도이다. 제조상 포도당 알코올을 첨가하지 않기 때문에 진하고 깊은 향을 지닌 이 술은 맛있다고 하기보다는 잊고 있던 일본의 맛을 상기시켜 주는 맛이라 할 수 있다.

도부로쿠다.

정말로 프루티(Fruity)한 향이네요.

향이 참 좋군.

도부로쿠?

꿀꺽

그게 프루티 잖아요. 마스터도 참 구식이네.

과실향요?

과실향이 난다고 해야죠.

도부로쿠에 프루티란 말은 안 어울려요.

절로 눈물이 납니다.

좋은 술을 만나면

왜 그래요, 마스터?

찌～잉

금세기 최고로 감동적인 선물입니다.

마쓰다 씨, 이건 대단한 선물이에요.

이 선물이 마음에 들었단 얘기네요.

오, 성공!

술맛도 잘 모르는 마쓰다 씨가 이런 기가 막힌 술을 갖고 올 줄은 정말 생각도 못했네요.

아니, 오버가 아닙니다.

에이, 또 오버한다, 마스터.

마쓰다 씨, 이 술 마시고 뭔가 느껴지는 거 없어요?

어쨌든 마음에 들었다니 기쁘네요.

칭찬을 하는 건지 욕을 하는 건지….

술맛 모르는 마쓰다 씨도 알아보는 고향의 맛.

바로 그겁니다. 그 정겨운 맛!

별 위화감도 없고 뭔가 정겨운 맛이군요.

그러고 보니 처음 마시는 건데,

일본인이 쌀농사를 시작했을 때부터 있던 거라 벌써 2000년 가까이 된 술이거든요.

아뇨, 이 도부로쿠라는 게 원래

고향이라 해봤자 난 도쿄 태생이고 이 술도 처음인데 어떻게 고향을 느껴요?

고향요?

마음의 고향이라 할 수 있겠네요.

아, 그런 고향….

새겨져 있다는 겁니다, 이 도부로쿠 맛이.

대대로 이어져 온 일본인의 핏줄에

마스터 입에서 한편의 시가 줄줄이 나오고 있네요.

아까부터 듣고 있자니

입이 아니라 기억으로 느끼는 맛입니다.

정겨움을 일깨워 주는 맛이지요.

일본인의 가슴에 까맣게 잊고 있었던

담그는 사람이 없기 때문이죠.

왜 지금은 쉽게 구할 수가 없죠?

그렇게 오래 마셔 온 도부로쿠를

법률이 생겨서요.

함부로 담그면 안 된다는

왜 담그질 않아요?

화가 치밀기 때문에 그 얘기는 제쳐 놓고,

간단히 설명할 문제가 아닙니다.

아니, 왜 그런 법률을 또?

정말 죽는 줄 알았다니까요.

질문 잘 했어요.

이런 맛있는 도부로쿠를 어떻게 얻었는지 그 얘기부터 해봐요.

그보다,

프리랜서인 마쓰다 군, 어느 건강 잡지의 특집 기사를 쓰기 위해 치치부 산골짜기에 100살을 넘긴 사람이 살고 있다는 얘기를 듣고 취재에 나섰습니다.

그런데 산 속에서 그만 길을 잃고 말았습니다.

누구 없어요?

저기요 …

뭘 그렇게 소리 지르고 난리인가?

거 참 시끄러운 녀석일세.

뜨압!!

사람이다. 사람이 있어!

핫

하하하, 겨우 살았네.

사, 살았다.

여기 사람이 온 건 10년 만이군.

게다가 목욕까지 하게 해주시고….

영감님 덕분에 목숨을 구했습니다.

그래, 내가 진베일세.

혹시 하마다 진베라는 분이 영감님 이신가요?

진베 씨, 지금 연세가 어떻게 되십니까?

나를?

아, 살았다. 전 진베 씨를 만나러 왔습니다.

100살을 넘기셨다고 들었는데, 일흔다섯 이시라고요?

예?

일흔 다섯이네.

227

하긴 그렇죠. 100살이나 되신 분이 이렇게 젊으실 리가 없죠.

나이를 헤아리지 않았어. 그러니 일흔다섯이지.

난 일흔다섯부터

난 죽을 고생을 하며 여기까지 왔건만!

이 출판사 사람들 참… 이런 엉터리 자료를 주다니.

나이에 대해선 다 잊었네.

그럼 정말로 100살을 넘기신 겁니까?

예?

난 일흔다섯이야.

그런 것도 잊었어.

언제쯤 되시나요?

생년월일은 기억하시죠?

*치치부 사건 : 1884년 10월31일부터 11월9일까지 사이타마 현 치치부 군에서 일어난 농민들의 무장봉기 사건이다.

글쎄 뭔진 모르지만 엄청 소란스러웠던 건 확실해.

혹시 그게 *치치부 사건 아닙니까?

싸움판을 벌였던 건 기억나.

다만 내가 어렸을 적에 저 아래 무쿠 신사에 죽창을 든 사람들이 잔뜩 모여서

예. 치치부 사건이 있었던 게 메이지 17년.

그래, 그 진베 씨 100살을 넘긴 건 맞는 건가요?

매일같이 싫증도 안 내고 여러 이야기를 들려 주셨어요.

10년 만에 사람이 찾아 왔다고 무척 기뻐하시며

자기가 이렇게 정정한 건 다 이 술 때문이라고요.

진베 씨가 그랬어요.

그러니 맛있지.

도부로쿠의 명장을 찾은 겁니다.

분명히 100살이 넘은 거죠.

즉 1884년, 당시 어린애였다니까.

다음 날

치치부.

가다니, 어딜요?

갑시다.

마쓰다 씨!!

아, 그러지 말고 좀 데려가 줘요!

그런 덴 두 번 다시 가고 싶지 않다고요!

노, 농담하지 마세요.

PART, 29 END

BAR
레몬하트 ②

초판 1쇄 인쇄 2011년 6월 15일
초판 1쇄 발행 2011년 6월 25일

극화 : 후루야 미츠토시 〈패밀리 기획〉
번역 : AK편집부

펴낸이 : 이동섭
편집 : 이민규
디자인 : 안현준, 이은영, 신연수
영업 · 마케팅 : 송정환, 문기업
관리 : 이윤미

㈜ AK 커뮤니케이션즈
등록 1996년 7월 9일 (제302-1996-00026호)

서울시 용산구 원효로 3가 43-1 원광빌딩 3층
전화 : 02-702-7963~5   FAX : 02-702-7988
http://www.amusementkorea.co.kr
http://cafe.naver.com/akpublishing

ISBN 978-89-6407-151-9
ISBN 978-89-6407-145-8 (세트)

한번에 합격하기

위험물 산업기사 필기

합격노트

박수경 지음

BM (주)도서출판 성안당

■ 도서 A/S 안내

성안당에서 발행하는 모든 도서는 저자와 출판사, 그리고 독자가 함께 만들어 나갑니다.

좋은 책을 펴내기 위해 많은 노력을 기울이고 있습니다. 혹시라도 내용상의 오류나 오탈자 등이 발견되면 **"좋은 책은 나라의 보배"**로서 우리 모두가 함께 만들어 간다는 마음으로 연락주시기 바랍니다. 수정 보완하여 더 나은 책이 되도록 최선을 다하겠습니다.

성안당은 늘 독자 여러분들의 소중한 의견을 기다리고 있습니다. 좋은 의견을 보내주시는 분께는 성안당 쇼핑몰의 포인트(3,000포인트)를 적립해 드립니다.

잘못 만들어진 책이나 부록 등이 파손된 경우에는 교환해 드립니다.

저자 문의 e-mail : antidanger@kakao.com(박수경)

본서 기획자 e-mail : coh@cyber.co.kr(최옥현)

홈페이지 : http://www.cyber.co.kr 전화 : 031) 950-6300

핵심 써머리

1. 핵심이론 정리

1 물질의 물리·화학적 성질
2 화재예방과 소화방법
3 위험물의 유별에 따른 필수 암기사항
4 위험물의 종류와 지정수량
5 위험물의 유별에 따른 대표적 성질
6 위험물의 중요 반응식

2. 위험물안전관리법 요약

1 위험물안전관리법의 행정규칙
2 위험물제조소등의 시설기준
3 제조소등의 소화설비
4 위험물의 저장·취급 기준
5 위험물의 운반기준

Industrial Engineer Hazardous material

1. 핵심이론

1. 물질의 물리 · 화학적 성질

📋 **원소주기율표**

1 주기율표의 구성

(1) 주기율표(periodic table)

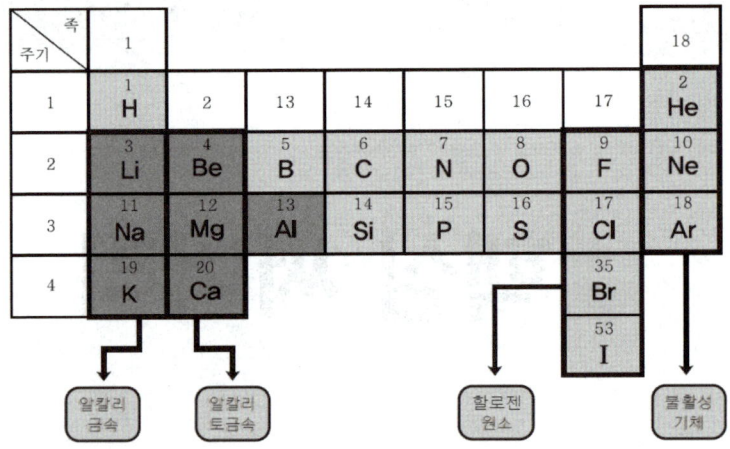

① 주기 : 주기율표의 가로줄
- ㉠ 1주기 : H(수소), He(헬륨)
- ㉡ 2주기 : Li(리튬), Be(베릴륨), B(붕소), C(탄소), N(질소), O(산소), F(플루오린), Ne(네온)
- ㉢ 3주기 : Na(나트륨), Mg(마그네슘), Al(알루미늄), Si(규소), P(인), S(황), Cl(염소), Ar(아르곤)
- ㉣ 4주기 : K(칼륨), Ca(칼슘), Br(브로민)
- ※ I(아이오딘)은 5주기에 속하는 원소이다.

② 족 : 주기율표의 세로줄로서 비슷한 화학적 성질을 가진 원소들끼리의 묶음
- ㉠ 1족(알칼리금속) : H(1족 원소이지만 알칼리금속은 아님), Li, Na, K
- ㉡ 2족(알칼리토금속) : Be, Mg, Ca
- ㉢ 17족 또는 7족(할로젠원소) : F, Cl, Br(브로민), I(아이오딘)
- ㉣ 18족 또는 0족(불활성 기체) : He, Ne, Ar

(2) 원자의 구성

원자는 원자핵과 그 주위를 돌고 있는 전자로 구성

① 원자핵 : 양성자와 중성자로 구성

    ㉠ 양성자 : 양(+)의 전하를 띠는 것

    ㉡ 중성자 : 전기적 성질이 없는 것

② 전자 : 음(−)의 전하를 띠는 것

(3) 원자량(질량수)

C(탄소)를 기준으로 한 원소들의 상대적인 질량

① 원자번호가 짝수인 원소 : 원자번호×2

② 원자번호가 홀수인 원소 : 원자번호×2+1

③ 예외적인 원소의 원자량

    ㉠ 수소(H) : 1   ㉡ 질소(N) : 14   ㉢ 염소(Cl) : 35.5

2 원소의 성질

(1) 원소의 금속성(알칼리성)과 비금속성(산성)

① 금속성 원소 : 주기율표의 왼쪽에 분포

② 비금속성 원소 : 주기율표의 오른쪽에 분포

(2) 원자의 반지름

① 같은 주기 : 원자번호가 증가할수록 원자의 반지름은 작아진다.

② 같은 족 : 원자번호가 증가할수록 원자의 반지름은 커진다.

(3) 이온화경향

① 원자가 전자를 잃고 양(+)이온이 되려는 성질

② 이온화경향의 세기

K > Ca > Na > Mg > Al > Zn > Fe > Ni > Sn > Pb > H > Cu > Hg > Ag > Pt > Au

칼륨 칼슘 나트륨 마그 알루 아연 철 니켈 주석 납 수소 구리 수은 은 백금 금
                   네슘 미늄

(4) 이온화에너지

중성인 원자로부터 전자 1개를 떼어 양이온으로 만드는 데 필요한 에너지를 말한다.

① 같은 주기 : 0족(오른쪽)으로 갈수록 크고, 1족(왼쪽)으로 갈수록 작다.

② 같은 족 : 원자번호가 증가(아래쪽)할수록 작고, 원자번호가 감소(위쪽)할수록 크다.

3 화학식의 종류

(1) 시성식
화합물의 성질을 알 수 있도록 작용기를 표시하여 나타낸 식
- 예 아세트산의 시성식 : CH_3COOH

(2) 분자식
화합물을 구성하는 각 원소의 수를 나타낸 식
- 예 아세트산의 분자식 : $C_2H_4O_2$

(3) 실험식
화합물을 구성하는 원소들을 가장 간단한 정수비로 나타낸 식
- 예 아세트산의 실험식 : CH_2O

(4) 구조식
화합물을 구성하는 원소들의 결합상태를 선으로 나타낸 식
- 예 아세트산의 구조식 :

4 동소체와 이성질체

(1) 동소체
하나의 원소로 이루어진 것으로서 그 성질은 다르지만 연소 후 최종생성물이 동일한 물질
① 황(S) : 사방황(S), 단사황(S), 고무상황(S)은 서로 동소체로서 연소 시 모두 이산화황(SO_2) 발생
② 인(P) : 적린(P)과 황린(P_4)은 서로 동소체로서 연소 시 모두 오산화인(P_2O_5) 발생

(2) 이성질체
① 이성질체의 정의 : 물질의 분자식 또는 시성식은 같고 그 성질 및 구조는 다른 화합물
② 이성질체의 종류
  ㉠ 기하이성질체 : 이중결합의 탄소원자에 결합된 원자 또는 원자단의 공간적 위치가 다른 것
  ㉡ 광학이성질체 : 거울에 비치는 것과 같은 구조로서 두 개를 포갰을 때 결코 겹쳐지지 않는 구조

5 오비탈(orbital)

(1) 오비탈(궤도함수)

① 전자가 채워지는 공간을 의미

② 종류

㉠ s오비탈 : 전자를 최대 2개 채울 수 있다.

㉡ p오비탈 : 전자를 최대 6개 채울 수 있다.

㉢ d오비탈 : 전자를 최대 10개 채울 수 있다.

㉣ ƒ오비탈 : 전자를 최대 14개 채울 수 있다.

③ 오비탈의 표시

㉠ 오비탈 앞에 있는 숫자는 주기율표의 주기를 의미한다.

㉡ 오비탈의 오른쪽 위에 있는 수를 모두 합하면 원소의 전자수 즉, 원자번호가 된다.

④ 원소의 오비탈

㉠ 원자번호 6인 C(탄소)를 나타내는 오비탈

주기 — 전자의 수

$$1s^2 \ 2s^2 \ 2p^2$$

오비탈의 종류

㉡ 원자번호 12인 Mg(마그네슘)을 나타내는 오비탈

주기 — 전자의 수

$$1s^2 \ 2s^2 \ 2p^6 \ 3s^2$$

오비탈의 종류

(2) 훈트(Hund)의 규칙

오비탈에 들어가는 전자는 각 오비탈마다 분산되어 들어가려고 하는 성질을 갖는다.

☞ 물질의 변화

(1) 고체와 액체의 변화

① 고체 → 액체 : 융해 또는 용융

② 액체 → 고체 : 응고

(2) 액체와 기체의 변화

① 액체 → 기체 : 기화 또는 증발

② 기체 → 액체 : 액화 또는 응축

(3) 고체와 기체의 변화

고체 → 기체 또는 기체 → 고체 : 승화

화학적 결합

(1) 화학적 결합의 종류

① 이온결합 : 금속과 비금속의 결합
② 금속결합 : 금속과 금속의 결합
③ 공유결합 : 비금속과 비금속의 결합
④ 수소결합 : F(플루오린), O(산소), N(질소)와 H(수소) 원자와의 결합
⑤ 배위결합 : 비공유전자쌍을 다른 원자에게 제공하여 그 원자와 결합하는 방식
⑥ 반 데르 발스(van der Waals) 결합 : 분자와 분자 간의 끌어당기는 힘에 의해 결합하는 방식

(2) 결합력의 세기

원자결합 > 공유결합 > 이온결합 > 금속결합 > 수소결합 > 반 데르 발스 결합

물질의 용해도와 농도

1 물질의 용해도

(1) 용해도

어떤 온도에서 용매 100g에 녹아있는 용질의 g수
① 용질 : 녹는 물질
② 용매 : 녹이는 물질
③ 용액 : 용질＋용매

(2) 헨리(Henry)의 법칙

액체에 녹아 있는 기체의 양은 내부 압력에 비례한다.

2 물질의 농도

(1) 물질의 g당량

① 원소의 g당량 : 원자량을 원자가로 나눈 값

② 산(H를 가진 것)의 g당량 : 분자량을 포함된 수소(H)의 개수로 나눈 값

③ 염기(OH를 가진 것)의 g당량 : 분자량을 포함된 수산기(OH)의 개수로 나눈 값

(2) 농도의 종류

① 몰농도(M) : 용액 1L에 녹아 있는 용질의 몰수

② 노르말농도(N) : 용액 1L에 녹아 있는 용질의 당량수

③ 몰랄농도(m) : 용매 1kg에 녹아 있는 용질의 몰수

④ ppm농도 : 용액 1L에 녹아 있는 용질의 mg수

⑤ 퍼센트(%)농도 : 용액 100g에 녹아 있는 용질의 g수를 백분율로 나타낸 것

⑥ %농도의 환산

  ㉠ %농도를 몰농도(M)로 환산 : $\dfrac{10 \times d(비중) \times s(농도)}{분자량}$

  ㉡ %농도를 노르말농도(N)로 환산 : $\dfrac{10 \times d(비중) \times s(농도)}{g당량}$

3 중화적정과 이온농도

(1) 중화적정

농도를 알고 있는 산 또는 염기의 용액을 이용하여 농도를 모르는 일정량의 산이나 염기의 농도를 결정하는 방법

$$N_1 V_1 = N_2 V_2$$

여기서, N_1, N_2 : 각 물질의 노르말농도, V_1, V_2 : 각 물질의 부피

(2) 수소이온농도지수(pH)

용액 1L 중에 존재하는 H^+이온의 몰수를 다음의 식으로 나타낸 것

$$pH = -\log[H^+]$$

여기서, $[H^+]$: 수소이온의 농도

(3) 수산화이온농도지수(pOH)

용액 1L 중에 존재하는 OH^-이온의 몰수를 다음의 식으로 나타낸 것

$$pOH = -\log[OH^-]$$

여기서, $[OH^-]$: 수산화이온의 농도

(4) pH와 pOH

① pH＋pOH＝14가 성립한다.
② pH는 7이 중성이며, pH의 값이 7보다 작으면 산성, 7보다 크면 알칼리(염기)성이다.
③ pH의 값은 작을수록 강산성, 클수록 강알칼리(강염기)성이다.

4 지시약

지시약의 명칭	산성	중성	알칼리성
메틸오렌지	적색	황색	황색
메틸레드	적색	주황	황색
리트머스	적색	보라	청색
페놀프탈레인	무색	무색	적색

☑ 물질에 관한 기본법칙

(1) 배수비례의 법칙

A와 B 두 원소가 화합하여 2가지 이상의 화합물을 만들 때 A 원소의 일정량과 결합하는 다른 원소의 질량에는 간단한 정수비가 성립한다.

(2) 보일(Boyle)의 법칙

온도가 일정할 때 기체의 압력과 부피는 반비례한다.

$$P_1 V_1 = P_2 V_2$$

여기서, P_1, P_2 : 각 기체의 압력
$\quad\quad\quad$ V_1, V_2 : 각 기체의 부피

(3) 샤를의 법칙

일정한 압력에서 기체의 부피는 절대온도에 비례한다.

$$\frac{V_1}{T_1} = \frac{V_2}{T_2}$$

여기서, V_1, V_2 : 각 기체의 부피
$\quad\quad\quad$ T_1, T_2 : 각 기체의 절대온도(273＋실제온도)

(4) 보일-샤를의 법칙

기체의 부피는 압력에 반비례하고, 절대온도에는 비례한다.

$$\frac{P_1 V_1}{T_1} = \frac{P_2 V_2}{T_2}$$

여기서, P_1, P_2 : 각 기체의 압력
V_1, V_2 : 각 기체의 부피
T_1, T_2 : 각 기체의 절대온도(273 + 실제온도)

(5) 아보가드로(Avogadro)의 법칙

같은 온도와 같은 압력에서 같은 부피 속에 들어있는 모든 기체의 분자수는 같다.

(6) 그레이엄(Graham)의 기체확산속도의 법칙

같은 온도와 같은 압력에서 두 기체의 확산속도는 분자량의 제곱근에 반비례한다.

$$\frac{V_1}{V_2} = \sqrt{\frac{M_2}{M_1}}$$

여기서, V_1, V_2 : 각 기체의 확산속도
M_1, M_2 : 각 기체의 분자량

(7) 이상기체방정식

물질이 기체상태인 경우 압력, 부피, 몰수, 온도 간의 관계를 나타내는 방정식이다.

$$PV = \frac{w}{M}RT = nRT$$

여기서, P : 압력(기압), V : 부피(L)
w : 질량(g), M : 분자량(g/mol)
n : 몰수(mol), R : 기체상수(0.082atm · L/K · mol)
T : 절대온도(273 + 실제온도)(K)

✅ 콜로이드

(1) 콜로이드의 정의

거름종이는 통과하지만 반투막은 통과하지 못하는 정도의 크기를 가진 입자가 물에 분산되어 있는 상태

(2) 콜로이드의 현상

① 틴들현상 : 입자가 큰 콜로이드가 녹아 있는 용액에 센 빛을 비추면 빛의 진로가 보이는 현상

② 브라운운동 : 콜로이드 입자가 불규칙하게 지속적으로 움직이는 현상

③ 투석 : 콜로이드와 콜로이드보다 더 작은 입자를 가진 물질을 반투막에 통과시켜 통과되지 않는 콜로이드를 남기는 현상

산화와 환원

(1) 산화와 환원의 정의

① 산화 : 산소를 얻는 것, 수소를 잃는 것, 전자를 잃는 것, 산화수가 증가하는 것

② 환원 : 수소를 얻는 것, 산소를 잃는 것, 전자를 얻는 것, 산화수가 감소하는 것

(2) 산화제와 환원제

① 산화제 : 가연물을 연소시키는 물질(산소공급원)

② 환원제 : 직접 탈 수 있는 물질(가연물)

(3) 산화물의 종류

① 산성 산화물 : 비금속과 산소가 결합된 물질

② 염기성 산화물 : 금속과 산소가 결합된 물질

③ 양쪽성 산화물 : 양쪽성 원소(Al, Zn, Sn, Pb)와 산소가 결합된 물질

(4) 브뢴스테드(Brönsted)의 산과 염기

① 산 : H^+를 잃는 물질

② 염기 : H^+를 얻는 물질

전기화학과 전지

(1) 전지에서 전류와 전자의 이동

① 전류 : 이온화경향이 작은 금속이 존재하는 (+)극에서 이온화경향이 큰 금속이 존재하는 (−)극으로 이동한다.

② 전자 : 이온화경향이 큰 금속이 존재하는 (−)극에서 이온화경향이 작은 금속이 존재하는 (+)극으로 이동한다.

(2) 패러데이(Faraday)의 법칙

1F를 물질 1g당량을 석출하는 데 필요한 전기량으로서 96,500C과 같으며, 전류와 시간과의 관계는 다음과 같다.

$$1F = 96,500C, \ C = A \times s$$

여기서, F(패럿)과 C(쿨롬) : 전기량
　　　　A(암페어) : 전류
　　　　s(초) : 시간

☞ 반응속도와 화학평형

(1) 반응속도

반응식 $a\mathrm{A} + b\mathrm{B} \rightarrow c\mathrm{C} + d\mathrm{D}$에서 반응 전 물질과 반응 후 물질의 반응속도는 다음과 같다.

① 반응 전 물질의 반응속도(V_1)

$$V_1 = k_1 [\mathrm{A}]^a [\mathrm{B}]^b$$

여기서, k_1 : 반응계수
　　　　[A], [B] : A와 B의 농도
　　　　a, b : A와 B의 몰수

② 반응 후 물질의 반응속도(V_2)

$$V_2 = k_2 [\mathrm{C}]^c [\mathrm{D}]^d$$

여기서, k_2 : 반응계수
　　　　[C], [D] : C와 D의 농도
　　　　c, d : C와 D의 몰수

(2) 평형이동의 법칙

기체의 반응식 $a\mathrm{A} + b\mathrm{B} \rightarrow c\mathrm{C} + d\mathrm{D}$에서 화학평형은 온도, 압력, 농도를 증가시킴에 따라 다음과 같이 이동한다.

① 온도를 상승시키면 흡열반응 쪽으로 이동
② 압력을 증가시키면 기체몰수의 합이 적은 쪽으로 이동
③ 농도를 증가시키면 농도가 적은 쪽으로 이동

☑ 방사성 원소

(1) 방사선의 투과력 세기
α선, β선, γ선의 투과력 세기는 α선 < β선 < γ선의 순으로 γ선이 가장 크다.

(2) 방사성 원소의 자연붕괴
① α붕괴 : 1회 발생 시 원자번호는 2 감소하고, 원자량(질량수)은 4 감소한다.
② β붕괴 : 1회 발생 시 원자번호는 1 증가하고, 원자량(질량수)은 불변이다.

(3) 반감기
방사성 원소의 붕괴 시 그 양이 처음의 반(1/2)으로 감소하는 데 걸리는 기간

☑ 발열반응과 흡열반응

(1) 발열반응
반응과정에서 열이 발생하여 반응 후 온도가 높아진 반응으로 표시방법은 다음과 같다.

$$A + B \rightarrow C + Q \text{(cal)} \text{ 또는 } A + B \rightarrow C, \ \Delta H = -Q \text{(cal)}$$

(2) 흡열반응
반응과정에서 열이 흡수되어 반응 후 온도가 낮아진 반응으로 표시방법은 다음과 같다.

$$A + B \rightarrow C - Q \text{(cal)} \text{ 또는 } A + B \rightarrow C, \ \Delta H = +Q \text{(cal)}$$

☑ 유기화합물

(1) 알케인(Alkane)
① 메테인계 또는 파라핀계라고도 하며, 단일결합 물질이다.
② 일반식은 C_nH_{2n+2}이며, CH_4(메테인), C_2H_6(에테인), C_3H_8(프로페인) 등이 있다.

(2) 알킬(Alkyl)
① 단독으로는 존재할 수 없는 원자단이다.
② 일반식은 C_nH_{2n+1}이며, CH_3(메틸), C_2H_5(에틸), C_3H_7(프로필) 등이 있다.

(3) 알켄(Alkene)
① 에틸렌계 또는 올레핀계라고도 하며 이중결합 물질이다.
② 일반식은 C_nH_{2n}이며, C_2H_4(에틸렌)이 대표적인 물질이다.

(4) 알카인(Alkyne)
① 아세틸렌계라고도 하며, 삼중결합 물질이다.
② 일반식은 C_nH_{2n-2}이며, C_2H_2(아세틸렌)이 대표적인 물질이다.

2. 화재예방과 소화방법

☑ 연소이론

1 연소의 3요소 (점화원, 가연물, 산소공급원)

(1) 점화원
전기불꽃, 정전기, 산화열, 마찰, 충격 등이 있다.
① 전기불꽃에너지 공식

$$E = \frac{1}{2}QV = \frac{1}{2}CV^2$$

여기서, E : 전기불꽃에너지
　　　　Q : 전기량
　　　　V : 방전전압
　　　　C : 전기용량
② 정전기 방지방법
　㉠ 접지할 것
　㉡ 공기 중 상대습도를 70% 이상으로 할 것
　㉢ 공기를 이온화할 것

(2) 가연물
① 가연물이 될 수 있는 조건
　㉠ 발열량이 클 것
　㉡ 열전도율이 작을 것

        ⓒ 활성화에너지가 작을 것

        ⓔ 산소와 친화력이 **좋을** 것

        ⓜ 표면적이 넓을 것

    ② **고온체의 온도와 색상** : 고온체의 온도가 높아질수록 색상이 밝아지며, 낮아질수록 색상은 어두워진다.

> 암적색(700℃) < 적색(850℃) < 휘적색(950℃) < 황적색(1,100℃) < 백적색(1,300℃)

    ③ **고체가연물의 연소형태**

        ㉠ 분해연소 : 석탄, 종이, 목재, 플라스틱

        ㉡ 표면연소 : 목탄(숯), 코크스, 금속분

        ㉢ 증발연소 : 황, 나프탈렌, 양초(파라핀)

        ㉣ 자기연소 : 피크린산, TNT 등의 제5류 위험물

(3) 산소공급원

① 공기 중 산소

② 제1류 위험물

③ 제5류 위험물

④ 제6류 위험물

⑤ 원소주기율표상 7족 원소인 할로젠원소로 이루어진 분자(F_2, Cl_2, Br_2, I_2)

2 연소 용어의 정리

(1) 인화점

① 외부의 점화원에 의해서 연소할 수 있는 최저온도를 의미한다.

② 가연성 가스가 연소범위의 하한에 도달했을 때의 온도를 의미한다.

(2) 착화점(발화점)

외부의 점화원에 관계없이 직접적인 점화원에 의한 발화가 아닌 스스로 열의 축적에 의하여 발화 또는 연소되는 최저온도를 의미하며, 착화점이 낮아지는 조건은 다음과 같다.

① 압력이 클수록

② 발열량이 클수록

③ 화학적 활성이 클수록

④ 산소와 친화력이 좋을수록

3 자연발화 및 분진폭발

(1) 자연발화의 인자
① 열의 축적   ② 열전도율
③ 공기의 이동   ④ 수분
⑤ 발열량   ⑥ 퇴적방법

(2) 자연발화 방지법
① 습도가 높은 곳을 피할 것
② 저장실의 온도를 낮출 것
③ 통풍을 잘 시킬 것
④ 퇴적 및 수납할 때 열이 쌓이지 않게 할 것

(3) 분진폭발
① 분진폭발을 일으키는 물질 : 밀가루, 담배가루, 커피가루, 석탄분, 금속분
② 분진폭발을 일으키지 않는 물질 : 대리석분말, 시멘트분말, 마른 모래

소화이론

1 화재의 종류 및 소화기

(1) 소화방법
① 물리적 소화방법
  ㉠ 제거소화 : 가연물을 제거하여 소화한다.
  ㉡ 질식소화 : 산소공급원을 제거하여 소화한다.
  ㉢ 냉각소화 : 열을 흡수하여 연소면의 온도를 발화점 미만으로 낮추어 소화한다.
② 화학적 소화방법
  – 억제소화(부촉매소화) : 연소반응을 느리게 만들어 소화한다.

(2) 소화기의 종류
① 냉각소화기
  ㉠ 물소화기 : 물을 소화약제로 사용한다.
  ㉡ 산·알칼리소화기 : 탄산수소나트륨($NaHCO_3$)과 황산(H_2SO_4)을 소화약제로 이용한다.
  ㉢ 강화액소화기 : 물에 탄산칼륨(K_2CO_3)을 첨가하여 한랭지 또는 겨울철에 사용한다.

② 질식소화기
  ㉠ 포소화기
  ㉡ 이산화탄소소화기
  ㉢ 분말소화기
③ 억제소화기
  – 할로젠화합물소화기

2 소화약제의 종류

(1) 포소화약제

① 수성막포 : 분말소화약제의 사용 시 발생하는 재발화현상을 예방하기 위하여 분말소화약제와 병용한다.
② 단백질포 : 유류화재용으로 흔히 사용한다.
③ 내알코올포 : 수용성 물질의 화재 시 사용한다.

(2) 불활성가스소화약제

① 이산화탄소
② 불활성가스
  ㉠ IG-100 : 질소 100%
  ㉡ IG-55 : 질소 50%와 아르곤 50%
  ㉢ IG-541 : 질소 52%와 아르곤 40%와 이산화탄소 8%

(3) 할로젠화합물소화약제

① Halon 1301 : CF_3Br
② Halon 2402 : $C_2F_4Br_2$
③ Halon 1211 : CF_2ClBr

(4) 분말소화약제

분 류	약제의 주성분	색 상	화학식	적응화재
제1종 분말	탄산수소나트륨	백색	$NaHCO_3$	B, C
제2종 분말	탄산수소칼륨	보라(담회)색	$KHCO_3$	B, C
제3종 분말	인산암모늄	담홍색	$NH_4H_2PO_4$	A, B, C
제4종 분말	탄산수소칼륨+요소의 부산물	회색	$KHCO_3+(NH_2)_2CO$	B, C

3 소화약제의 분해반응식

소화기 및 소화약제	반응의 종류	반응식
분말소화기	제1종 분말 열분해반응식	$2NaHCO_3 \rightarrow Na_2CO_3 + CO_2 + H_2O$ 탄산수소나트륨　　탄산나트륨　이산화탄소　　물
	제2종 분말 열분해반응식	$2KHCO_3 \rightarrow K_2CO_3 + CO_2 + H_2O$ 탄산수소칼륨　　탄산칼륨　이산화탄소　　물
	제3종 분말 열분해반응식	$NH_4H_2PO_4 \rightarrow HPO_3 + NH_3 + H_2O$ 인산암모늄　　메타인산　암모니아　　물
할로젠화합물소화기	연소반응식	$2CCl_4 + O_2 \rightarrow 2COCl_2 + 2Cl_2$ 사염화탄소　산소　　포스겐　　염소
	물과의 반응식	$CCl_4 + H_2O \rightarrow COCl_2 + 2HCl$ 사염화탄소　물　　포스겐　염화수소

☑ 소화설비의 기준

(1) 방호대상물로부터 수동식 소화기까지의 보행거리

① 소형 수동식 소화기 : 20m 이하
② 대형 수동식 소화기 : 30m 이하

(2) 전기설비의 소화설비

전기설비가 설치된 제조소등에는 면적 $100m^2$마다 소형 수동식 소화기를 1개 이상 설치한다.

(3) 소요단위 및 능력단위

① 소요단위

구 분	외벽이 내화구조	외벽이 비내화구조
제조소 또는 취급소	연면적 $100m^2$	연면적 $50m^2$
저장소	연면적 $150m^2$	연면적 $75m^2$
위험물	지정수량의 10배	

② 기타 소화설비의 능력단위

소화설비	용량	능력단위
소화전용 물통	8L	0.3
수조 (소화전용 물통 3개 포함)	80L	1.5
수조 (소화전용 물통 6개 포함)	190L	2.5
마른 모래 (삽 1개 포함)	50L	0.5
팽창질석 또는 팽창진주암 (삽 1개 포함)	160L	1.0

(4) 옥내소화전설비와 옥외소화전설비

구 분	옥내소화전설비	옥외소화전설비
수원의 양	옥내소화전이 가장 많이 설치되어 있는 층의 소화전의 수(소화전의 수가 5개 이상이면 최대 5개의 옥내소화전 수)×7.8m³	옥외소화전의 수(소화전의 수가 4개 이상이면 최대 4개의 옥외소화전 수)×13.5m³
방수량	260L/min 이상	450L/min 이상
방수압	350kPa 이상	350kPa 이상
호스 접속구까지의 수평거리	25m 이하	40m 이하
비상전원	45분 이상	45분 이상
방사능력 범위	–	건축물의 1층 및 2층
옥외소화전과 소화전함의 거리	–	5m 이내

(5) 불활성가스소화설비

① 이산화탄소소화설비 분사헤드의 방사압력
   ㉠ 고압식(20℃로 저장) : 2.1MPa 이상
   ㉡ 저압식(-18℃ 이하로 저장) : 1.05MPa 이상
② 이산화탄소소화약제 저장용기의 충전비
   ㉠ 고압식 : 1.5 이상 1.9 이하
   ㉡ 저압식 : 1.1 이상 1.4 이하

(6) 포소화설비

① 포헤드방식의 포헤드 기준

⊙ 방호대상물의 표면적 $9m^2$당 1개 이상의 헤드를 설치할 것

ⓛ 방호대상물의 표면적 $1m^2$당 방사량은 6.5L/min 이상으로 할 것

② 포소화약제의 혼합장치

⊙ 라인프로포셔너 방식 : 펌프와 발포기의 중간에 설치된 벤투리관의 벤투리작용에 의하여 포소화약제를 흡입 및 혼합하는 방식

ⓛ 프레셔프로포셔너 방식 : 펌프와 발포기의 중간에 설치된 벤투리관의 벤투리작용과 펌프가압수의 포소화약제 저장탱크에 대한 압력에 의하여 포소화약제를 흡입 및 혼합하는 방식

ⓒ 프레셔사이드프로포셔너 방식 : 펌프의 토출관에 압입기를 설치하여 포소화약제 압입용 펌프로 포소화약제를 압입시켜 혼합하는 방식

ⓔ 펌프프로포셔너 방식 : 펌프의 토출관과 흡입관 사이의 배관 도중에 설치한 흡입기에 펌프에서 토출된 물의 일부를 보내고 농도조절밸브에서 조정된 포소화약제의 필요량을 포소화약제 탱크에서 펌프 흡입측으로 보내어 이를 혼합하는 방식

☑ 경보설비의 기준

(1) 경보설비의 종류

① 자동화재탐지설비

② 자동화재속보설비

③ 비상방송설비

④ 비상경보설비

⑤ 확성장치

(2) 경보설비의 설치기준

① 자동화재탐지설비만을 설치해야 하는 경우

제조소 및 일반취급소	옥내저장소	옥내탱크저장소	주유취급소
• 연면적이 $500m^2$ 이상인 것 • 지정수량의 100배 이상을 취급하는 것	• 지정수량의 100배 이상을 저장하는 것 • 연면적이 $150m^2$를 초과하는 것 • 처마높이가 6m 이상인 단층건물의 것	• 단층 건물 외의 건축물에 설치한 옥내탱크저장소로서 소화난이도등급 Ⅰ에 해당하는 것	• 옥내주유취급소

② 자동화재탐지설비 및 자동화재속보설비를 설치해야 하는 경우 : 특수인화물, 제1석유류 및 알코올류를 저장 또는 취급하는 탱크의 용량이 1,000만L 이상인 옥외탱크저장소

③ 경보설비(자동화재속보설비 제외) 중 1개 이상을 설치할 수 있는 경우 : 지정수량의 10배 이상을 취급하는 제조소 등

(3) 자동화재탐지설비의 경계구역의 기준

① 건축물의 2 이상의 층에 걸치지 아니하도록 할 것(단, 하나의 경계구역이 500m² 이하는 제외)

② 하나의 경계구역의 면적은 600m² 이하로 할 것(단, 건축물의 주요한 출입구에서 그 내부 전체를 볼 수 있는 경우는 면적 1,000m² 이하)

③ 경계구역의 한 변의 길이는 50m(광전식 분리형 감지기를 설치한 경우에는 100m) 이하로 할 것

④ 자동화재탐지설비의 감지기는 지붕 또는 벽의 옥내에 면한 부분에 유효하게 화재의 발생을 감지할 수 있도록 설치할 것

⑤ 자동화재탐지설비에는 비상전원을 설치할 것

3. 위험물의 유별에 따른 필수 암기사항

📋 위험물의 유별

유 별 (성질)	위험 등급	품 명		지정 수량	소화방법	주의사항 (운반용기 외부)	주의사항 (제조소등)
제1류 위험물 (산화성 고체)	Ⅰ	아염소산염류 염소산염류 과염소산염류		50kg	냉각소화	화기·충격주의, 가연물접촉주의	게시판 필요 없음
		무기 과산화물	알칼리금속의 무기과산화물		질식소화	물기엄금, 화기·충격주의, 가연물접촉주의	물기엄금 (청색바탕 백색문자)
			그 밖의 것		냉각소화	화기·충격주의, 가연물접촉주의	게시판 필요 없음
	Ⅱ	브로민산염류 질산염류 아이오딘산염류		300kg	냉각소화	화기·충격주의, 가연물접촉주의	게시판 필요 없음
	Ⅲ	과망가니즈산염류 다이크로뮴산염류		1,000kg			

유 별 (성질)	위험 등급	품 명	지정 수량	소화방법	주의사항 (운반용기 외부)	주의사항 (제조소등)
제2류 위험물 (가연성 고체)	Ⅱ	황화인 적린 황	100kg	냉각소화	화기주의	화기주의 (적색바탕 백색문자)
	Ⅲ	철분 금속분 마그네슘	500kg	질식소화	화기주의, 물기엄금	
		인화성 고체	1,000kg	냉각소화	화기엄금	화기엄금 (적색바탕 백색문자)
제3류 위험물 (자연 발화성 및 금수성 물질)	Ⅰ	칼륨 나트륨 알킬리튬 알킬알루미늄	10kg	질식소화	물기엄금	물기엄금 (청색바탕 백색문자)
		황린	20kg	냉각소화	화기엄금, 공기접촉엄금	화기엄금 (적색바탕 백색문자)
	Ⅱ	알칼리금속 및 알칼리토금속 (칼륨, 나트륨 제외) 유기금속화합물 (알킬리튬, 알킬알루미늄 제외)	50kg	질식소화	물기엄금	물기엄금 (청색바탕 백색문자)
	Ⅲ	금속의 수소화물 금속의 인화물 칼슘 또는 알루미늄의 탄화물	300kg			
제4류 위험물 (인화성 액체)	Ⅰ	특수인화물	50L	질식소화	화기엄금	화기엄금 (적색바탕 백색문자)
	Ⅱ	제1석유류(비수용성)	200L			
		제1석유류(수용성) 알코올류	400L			
	Ⅲ	제2석유류(비수용성)	1,000L			
		제2석유류(수용성)	2,000L			
		제3석유류(비수용성)	2,000L			
		제3석유류(수용성)	4,000L			
		제4석유류	6,000L			
		동식물유류	10,000L			

유 별 (성질)	위험 등급	품 명	지정수량	소화방법	주의사항 (운반용기 외부)	주의사항 (제조소등)
제5류 위험물 (자기 반응성 물질)	I , II	유기과산화물 질산에스터류 나이트로화합물 나이트로소화합물 아조화합물 다이아조화합물 하이드라진유도체 하이드록실아민 하이드록실아민염류	제1종 : 10kg, 제2종 : 100kg	냉각소화	화기엄금, 충격주의	화기엄금 (적색바탕 백색문자)
제6류 위험물 (산화성 액체)	I	과염소산 과산화수소 질산	300kg	냉각소화	가연물접촉주 의	게시판 필요 없음

※ 주의사항(제조소등) 게시판 – 물기엄금(청색바탕 백색문자) / 화기주의, 화기엄금(적색바탕 백색문자)

행정안전부령이 정하는 위험물

유 별	품 명	지정수량
제1류 위험물	과아이오딘산염류, 과아이오딘산, 크로뮴 · 납 또는 아이오딘의 산화물, 아질산염류, 염소화아이소사이아누르산, 퍼옥소이황 산염류, 퍼옥소붕산염류	300kg
	차아염소산염류	50kg
제3류 위험물	염소화규소화합물	300kg
제5류 위험물	금속의 아지화합물, 질산구아니딘	제1종 : 10kg, 제2종 : 100kg
제6류 위험물	할로젠간화합물	300kg

4. 위험물의 종류와 지정수량

제1류 위험물의 종류와 지정수량

품 명	물질명	지정수량
아염소산염류	아염소산나트륨	50kg
염소산염류	염소산칼륨 염소산나트륨 염소산암모늄	50kg
과염소산염류	과염소산칼륨 과염소산나트륨 과염소산암모늄	50kg
무기과산화물	과산화칼륨 과산화나트륨 과산화리튬	50kg
브로민산염류	브로민산칼륨 브로민산나트륨	300kg
질산염류	질산칼륨 질산나트륨 질산암모늄	300kg
아이오딘산염류	아이오딘산칼륨	300kg
과망가니즈산염류	과망가니즈산칼륨	1,000kg
다이크로뮴산염류	다이크로뮴산칼륨 다이크로뮴산암모늄	1,000kg

제2류 위험물의 종류와 지정수량

품 명	물질명	지정수량
황화인	삼황화인 오황화인 칠황화인	100kg
적린	적린	100kg
황	황	100kg
철분	철분	500kg
금속분	알루미늄분 아연분	500kg
마그네슘	마그네슘	500kg
인화성 고체	고형알코올	1,000kg

☑ 제3류 위험물의 종류와 지정수량

품 명	물질명	상 태	지정수량
칼륨	칼륨	고체	10kg
나트륨	나트륨	고체	10kg
알킬알루미늄	트라이메틸알루미늄 트라이에틸알루미늄	액체	10kg
알킬리튬	메틸리튬 에틸리튬	액체	10kg
황린	황린	고체	20kg
알칼리금속 (칼륨 및 나트륨 제외) 및 알칼리토금속	리튬 칼슘	고체	50kg
유기금속화합물 (알킬알루미늄 및 알킬리튬 제외)	다이메틸마그네슘 에틸나트륨	고체 또는 액체	50kg
금속의 수소화물	수소화칼륨 수소화나트륨 수소화리튬 수소화알루미늄	고체	300kg
금속의 인화물	인화칼슘 인화알루미늄	고체	300kg
칼슘 또는 알루미늄의 탄화물	탄화칼슘 탄화알루미늄	고체	300kg

☑ 제4류 위험물의 수용성과 지정수량의 구분

구 분	물질명	수용성 여부	지정수량
특수인화물	다이에틸에터 이황화탄소 아세트알데하이드 산화프로필렌 아이소프로필아민	비수용성 비수용성 수용성 수용성 수용성	50L 50L 50L 50L 50L
제1석유류	가솔린 벤젠 톨루엔 사이클로헥세인 에틸벤젠 메틸에틸케톤	비수용성 비수용성 비수용성 비수용성 비수용성 비수용성	200L 200L 200L 200L 200L 200L

구 분	물질명	수용성 여부	지정수량
	아세톤	수용성	400L
	피리딘	수용성	400L
	사이안화수소	수용성	400L
	초산메틸	비수용성	200L
	초산에틸	비수용성	200L
	의산메틸	수용성	400L
	의산에틸	비수용성	200L
	염화아세틸	비수용성	200L
알코올류	메틸알코올	수용성	400L
	에틸알코올	수용성	400L
	프로필알코올	수용성	400L
제2석유류	등유	비수용성	1,000L
	경유	비수용성	1,000L
	송정유	비수용성	1,000L
	송근유	비수용성	1,000L
	크실렌	비수용성	1,000L
	클로로벤젠	비수용성	1,000L
	스타이렌	비수용성	1,000L
	뷰틸알코올	비수용성	1,000L
	폼산	수용성	2,000L
	아세트산	수용성	2,000L
	하이드라진	수용성	2,000L
	아크릴산	수용성	2,000L
제3석유류	중유	비수용성	2,000L
	크레오소트유	비수용성	2,000L
	아닐린	비수용성	2,000L
	나이트로벤젠	비수용성	2,000L
	메타크레졸	비수용성	2,000L
	글리세린	수용성	4,000L
	에틸렌글리콜	수용성	4,000L
제4석유류	기어유(윤활유)	비수용성	6,000L
	실린더유	비수용성	6,000L
동식물유류	건성유	-	10,000L
	반건성유		10,000L
	불건성유		10,000L

제5류 위험물의 종류와 지정수량

품 명	물질명	상태	지정수량
유기과산화물	과산화벤조일 과산화메틸에틸케톤 아세틸퍼옥사이드	고체 액체 고체	제1종 : 10kg, 제2종 : 100kg
질산에스터류	질산메틸 질산에틸 나이트로글리콜 나이트로글리세린 나이트로셀룰로스 셀룰로이드	액체 액체 액체 액체 고체 고체	
나이트로화합물	트라이나이트로페놀(피크린산) 트라이나이트로톨루엔(TNT) 테트릴	고체 고체 고체	
나이트로소화합물	파라다이나이트로소벤젠 다이나이트로소레조르신	고체 고체	
아조화합물	아조다이카본아마이드 아조비스아이소뷰티로나이트릴	고체 고체	
다이아조화합물	다이아조아세토나이트릴 다이아조다이나이트로페놀	액체 고체	
하이드라진유도체	염산하이드라진 황산하이드라진	고체 고체	
하이드록실아민	하이드록실아민	액체	
하이드록실아민염류	황산하이드록실아민 나트륨하이드록실아민	고체 고체	

※ 위의 표에서 '나이트로소화합물' 이후의 품명들은 지금까지의 시험에 자주 출제되지는 않았음을 알려드립니다.

제6류 위험물의 종류와 지정수량

품 명	물질명	지정수량
과염소산	과염소산	300kg
과산화수소	과산화수소	300kg
질산	질산	300kg

5. 위험물의 유별에 따른 대표적 성질

(1) 제1류 위험물

① 성질

㉠ 모두 물보다 무거움

㉡ 가열하면 열분해하여 산소 발생

㉢ 알칼리금속의 과산화물은 초산 또는 염산 등의 산과 반응 시 제6류 위험물인 과산화수소 발생

② 색상

㉠ 과망가니즈산염류 : 흑자색(흑색과 보라색의 혼합)

㉡ 다이크로뮴산염류 : 등적색(오렌지색)

㉢ 그 밖의 것 : 무색 또는 백색

③ 소화방법

㉠ 알칼리금속의 과산화물(과산화칼륨, 과산화나트륨, 과산화리튬) : 탄산수소염류 분말소화약제, 마른모래, 팽창질석 또는 팽창진주암으로 질식소화

㉡ 그 밖의 것 : 냉각소화

(2) 제2류 위험물

① 위험물의 조건

㉠ 황 : 순도 60중량% 이상

㉡ 철분 : 철의 분말로서 53마이크로미터의 표준체를 통과하는 것이 50중량% 이상인 것

㉢ 금속분 : 금속의 분말로서 150마이크로미터의 체를 통과하는 것이 50중량% 이상인 것으로서 니켈(Ni)분 및 구리(Cu)분은 제외

㉣ 마그네슘 : 지름이 2mm 이상이거나 2mm의 체를 통과하지 못하는 덩어리상태를 제외

㉤ 인화성 고체 : 고형알코올, 그 밖에 1기압에서 인화점이 40℃ 미만인 고체

② 성질

㉠ 모두 물보다 무거움

㉡ 오황화인(P_2S_5) : 연소 시 이산화황을 발생하고 물과 반응 시 황화수소 발생

㉢ 적린(P) : 연소 시 오산화인(P_2O_5)이라는 백색 기체 발생

㉣ 황(S) : 사방황, 단사황, 고무상황 3가지의 동소체가 존재하며, 연소 시 이산화황 발생

㉤ 철분, 금속분, 마그네슘 : 물과 반응 시 수소 발생

③ 소화방법
　　㉠ 철분, 금속분, 마그네슘 : 탄산수소염류 분말소화약제, 마른모래, 팽창질석 또는
　　　팽창진주암으로 질식소화
　　㉡ 그 밖의 것 : 냉각소화

(3) 제3류 위험물

① 위험물의 구분
　　㉠ 자연발화성 물질 : 황린(P_4)
　　㉡ 금수성 물질 : 그 밖의 것

② 보호액
　　㉠ 칼륨(K) 및 나트륨(Na) : 석유(등유, 경유, 유동파라핀)
　　㉡ 황린(P_4) : pH 9인 약알칼리성의 물

③ 성질
　　㉠ 비중 : 칼륨, 나트륨, 리튬, 알킬리튬, 알킬알루미늄, 금속의 수소화물은 물보다 가볍
　　　고, 그 외의 물질은 물보다 무거움
　　㉡ 불꽃 반응색 : 칼륨은 보라색, 나트륨은 황색, 리튬은 적색
　　㉢ 트라이에틸알루미늄[$(C_2H_5)_3Al$] : 물과 반응 시 에테인(C_2H_6)가스 발생
　　㉣ 황린 : 연소 시 오산화인(P_2O_5)이라는 백색 기체 발생

④ 물과 반응 시 발생 기체
　　㉠ 칼륨 및 나트륨 : 수소(H_2)
　　㉡ 수소화칼륨(KH) 및 수소화나트륨(NaH) : 수소(H_2)
　　㉢ 인화칼슘(Ca_3P_2) : 포스핀(PH_3)
　　㉣ 탄화칼슘(CaC_2) : 아세틸렌(C_2H_2)
　　㉤ 탄화알루미늄(Al_4C_3) : 메테인(CH_4)

⑤ 소화방법
　　㉠ 황린 : 냉각소화
　　㉡ 그 밖의 것 : 탄산수소염류 분말소화약제, 마른모래, 팽창질석 또는 팽창진주암
　　　으로 질식소화

(4) 제4류 위험물

① 품명의 구분
　　㉠ 특수인화물 : 이황화탄소, 다이에틸에터, 그 밖에 발화점 100℃ 이하이거나 인화점
　　　-20℃ 이하이고 비점 40℃ 이하인 것
　　㉡ 제1석유류 : 아세톤, 휘발유, 그 밖에 인화점 21℃ 미만인 것
　　㉢ 제2석유류 : 등유, 경유, 그 밖에 인화점 21℃ 이상 70℃ 미만인 것
　　㉣ 제3석유류 : 중유, 크레오소트유, 그 밖에 인화점 70℃ 이상 200℃ 미만인 것

     ⓜ 제4석유류 : 기어유, 실린더유, 그 밖에 인화점 200℃ 이상 250℃ 미만인 것

     ⓗ 동식물유류 : 인화점 250℃ 미만인 것

② 성질

    ㉠ 대부분 물보다 가볍고, 발생하는 증기는 공기보다 무거움

    ㉡ 다이에틸에터 : 아이오딘화칼륨 10% 용액을 첨가하여 과산화물 검출

    ㉢ 이황화탄소 : 물보다 무겁고 비수용성으로 물속에 보관

    ㉣ 벤젠 : 비수용성으로 독성이 강함

    ㉤ 알코올 : 대부분 수용성

    ㉥ 동식물유류 : 아이오딘값의 범위에 따라 건성유, 반건성유, 불건성유로 구분

③ 중요 인화점

    ㉠ 특수인화물

      ⓐ 다이에틸에터($C_2H_5OC_2H_5$) : -45℃

      ⓑ 이황화탄소(CS_2) : -30℃

    ㉡ 제1석유류

      ⓐ 아세톤(CH_3COCH_3) : -18℃

      ⓑ 휘발유(C_8H_{18}) : $-43\sim-38$℃

      ⓒ 벤젠(C_6H_6) : -11℃

      ⓓ 톨루엔($C_6H_5CH_3$) : 4℃

    ㉢ 알코올류

      ⓐ 메틸알코올(CH_3OH) : 11℃

      ⓑ 에틸알코올(C_2H_5OH) : 13℃

    ㉣ 제3석유류

      ⓐ 아닐린($C_6H_5NH_2$) : 75℃

      ⓑ 에틸렌글리콜[$C_2H_4(OH)_2$] : 111℃

④ 소화방법

    이산화탄소, 할로젠화합물, 분말, 포소화약제를 이용하여 질식소화

(5) 제5류 위험물

① 액체와 고체의 구분

    ㉠ 액체

      ⓐ 질산메틸(CH_3ONO_2) : 품명은 질산에스터류이며, 분자량은 77

      ⓑ 질산에틸($C_2H_5ONO_2$) : 품명은 질산에스터류이며, 분자량은 91

      ⓒ 나이트로글리세린[$C_3H_5(ONO_2)_3$] : 품명은 질산에스터류이며, 규조토에 흡수시켜 다이너마이트 제조

ⓛ 고체
   ⓐ 과산화벤조일[$(C_6H_5CO)_2O_2$] : 품명은 유기과산화물이며, 수분함유 시 폭발성 감소
   ⓑ 나이트로셀룰로스 : 품명은 질산에스터류이며, 함수알코올에 습면시켜 취급
   ⓒ 피크린산[$C_6H_2OH(NO_2)_3$] : 트라이나이트로페놀이라고 불리는 물질로서 품명은 나이트로화합물이며, 단독으로는 마찰, 충격 등에 안정하지만 금속과 반응하면 위험
   ⓓ TNT[$C_6H_2CH_3(NO_2)_3$] : 트라이나이트로톨루엔이라고 불리는 물질로서 품명은 나이트로화합물이며, 폭발력의 표준으로 사용
② 성질
   ㄱ 모두 물보다 무겁고 물에 녹지 않음
   ㄴ 고체들은 저장 시 물에 습면시키면 안정함
   ㄷ '나이트로'를 포함하는 물질의 명칭이 많음
③ 소화방법
   냉각소화

(6) 제6류 위험물
① 위험물의 조건
   ㄱ 과산화수소 : 농도 36중량% 이상
   ㄴ 질산 : 비중 1.49 이상
② 성질
   ㄱ 물보다 무겁고 물에 잘 녹으며, 가열하면 분해하여 산소 발생
   ㄴ 불연성과 부식성이 있으며, 물과 반응 시 열을 발생
   ㄷ 과염소산 : 열분해 시 독성가스인 염화수소(HCl) 발생
   ㄹ 과산화수소
      ⓐ 저장용기에 미세한 구멍이 뚫린 마개를 사용하며, 인산, 요산 등의 분해방지 안정제 첨가
      ⓑ 물, 에터, 알코올에는 녹지만, 벤젠과 석유에는 녹지 않음
   ㅁ 질산
      ⓐ 열분해 시 이산화질소(NO_2)라는 적갈색 기체와 산소(O_2) 발생
      ⓑ 염산 3, 질산 1의 부피비로 혼합하면 왕수(금과 백금도 녹임) 생성
      ⓒ 철(Fe), 코발트(Co), 니켈(Ni), 크로뮴(Cr), 알루미늄(Al)에서 부동태함
      ⓓ 피부에 접촉 시 단백질과 반응하여 노란색으로 변하는 크산토프로테인반응을 일으킴
③ 소화방법
   냉각소화

6. 위험물의 중요 반응식

☑ 제1류 위험물

물질명 (지정수량)	반응의 종류	반응식
염소산칼륨 [$KClO_3$] (50kg)	열분해반응식	$2KClO_3 \longrightarrow 2KCl + 3O_2$ 염소산칼륨　　염화칼륨　　산소
과산화칼륨 [K_2O_2] (50kg)	열분해반응식	$2K_2O_2 \longrightarrow 2K_2O + O_2$ 과산화칼륨　산화칼륨　　산소
	물과의 반응식	$2K_2O_2 + 2H_2O \longrightarrow 4KOH + O_2$ 과산화칼륨　　　물　　　수산화칼륨　산소
	탄산가스(이산화 탄소)와의 반응식	$2K_2O_2 + 2CO_2 \longrightarrow 2K_2CO_3 + O_2$ 과산화칼륨　이산화탄소　　탄산칼륨　　산소
	초산과의 반응식	$2K_2O_2 + 4CH_3COOH \longrightarrow 4CH_3COOK + 2H_2O_2$ 과산화칼륨　　　초산　　　　　　초산칼륨　　과산화수소
질산칼륨 [KNO_3] (300kg)	열분해반응식	$2KNO_3 \longrightarrow 2KNO_2 + O_2$ 질산칼륨　　아질산칼륨　산소
질산암모늄 [NH_4NO_3] (300kg)	열분해반응식	$2NH_4NO_3 \longrightarrow 2N_2 + 4H_2O + O_2$ 질산암모늄　　　질소　　물　　산소
과망가니즈산칼륨 [$KMnO_4$] (1,000kg)	열분해반응식 (240℃)	$2KMnO_4 \longrightarrow K_2MnO_4 + MnO_2 + O_2$ 과망가니즈산칼륨 망가니즈산칼륨 이산화망가니즈　산소
다이크로뮴산칼륨 [$K_2Cr_2O_7$] (1,000kg)	열분해반응식 (500℃)	$4K_2Cr_2O_7 \longrightarrow 4K_2CrO_4 + 2Cr_2O_3 + 3O_2$ 다이크로뮴산칼륨　크로뮴산칼륨　산화크로뮴(Ⅲ)　산소

☑ 제2류 위험물

물질명 (지정수량)	반응의 종류	반응식
삼황화인 [P_4S_3] (100kg)	연소반응식	$P_4S_3 + 8O_2 \rightarrow 3SO_2 + 2P_2O_5$ 삼황화인　산소　이산화황　오산화인
오황화인 [P_2S_5] (100kg)	연소반응식	$2P_2S_5 + 15O_2 \rightarrow 10SO_2 + 2P_2O_5$ 오황화인　산소　이산화황　오산화인
	물과의 반응식	$P_2S_5 + 8H_2O \rightarrow 5H_2S + 2H_3PO_4$ 오황화인　물　황화수소　인산
적린 [P] (100kg)	연소반응식	$4P + 5O_2 \rightarrow 2P_2O_5$ 적린　산소　오산화인
황 [S] (100kg)	연소반응식	$S + O_2 \rightarrow SO_2$ 황　산소　이산화황
철 [Fe] (500kg)	물과의 반응식	$Fe + 2H_2O \rightarrow Fe(OH)_2 + H_2$ 철　물　수산화철(Ⅱ)　수소
	염산과의 반응식	$Fe + 2HCl \rightarrow FeCl_2 + H_2$ 철　염산　염화철(Ⅱ)　수소
마그네슘 [Mg] (500kg)	물과의 반응식	$Mg + 2H_2O \rightarrow Mg(OH)_2 + H_2$ 마그네슘　물　수산화마그네슘　수소
	염산과의 반응식	$Mg + 2HCl \rightarrow MgCl_2 + H_2$ 마그네슘　염산　염화마그네슘　수소
알루미늄 [Al] (500kg)	물과의 반응식	$2Al + 6H_2O \rightarrow 2Al(OH)_3 + 3H_2$ 알루미늄　물　수산화알루미늄　수소
	염산과의 반응식	$2Al + 6HCl \rightarrow 2AlCl_3 + 3H_2$ 알루미늄　염산　염화알루미늄　수소

📋 제3류 위험물

물질명 (지정수량)	반응의 종류	반응식
칼륨[K] (10kg)	물과의 반응식	$2K + 2H_2O \rightarrow 2KOH + H_2$ 칼륨　　물　　수산화칼륨　수소
	연소반응식	$4K + O_2 \rightarrow 2K_2O$ 칼륨　산소　　산화칼륨
	에틸알코올과의 반응식	$2K + 2C_2H_5OH \rightarrow 2C_2H_5OK + H_2$ 칼륨　에틸알코올　칼륨에틸레이트　수소
	탄산가스와의 반응식	$4K + 3CO_2 \rightarrow 2K_2CO_3 + C$ 칼륨　이산화탄소　탄산칼륨　탄소
나트륨[Na] (10kg)	물과의 반응식	$2Na + 2H_2O \rightarrow 2NaOH + H_2$ 나트륨　물　　수산화나트륨　수소
트라이에틸알루미늄 **$[(C_2H_5)_3Al]$** (10kg)	물과의 반응식	$(C_2H_5)_3Al + 3H_2O \rightarrow Al(OH)_3 + 3C_2H_6$ 트라이에틸알루미늄　물　수산화알루미늄　에테인
	연소반응식	$2(C_2H_5)_3Al + 21O_2 \rightarrow Al_2O_3 + 12CO_2 + 15H_2O$ 트라이에틸알루미늄　산소　산화알루미늄 이산화탄소　물
	에틸알코올과의 반응식	$(C_2H_5)_3Al + 3C_2H_5OH \rightarrow (C_2H_5O)_3Al + 3C_2H_6$ 트라이에틸알루미늄　에틸알코올　알루미늄에틸레이트　에테인
황린[P_4] (20kg)	연소반응식	$P_4 + 5O_2 \rightarrow 2P_2O_5$ 황린　산소　　오산화인
칼슘[Ca] (50kg)	물과의 반응식	$Ca + 2H_2O \rightarrow Ca(OH)_2 + H_2$ 칼슘　　물　　수산화칼슘　수소
수소화칼륨[KH] (300kg)	물과의 반응식	$KH + H_2O \rightarrow KOH + H_2$ 수소화칼륨　물　수산화칼륨 수소
인화칼슘[Ca_3P_2] (300kg)	물과의 반응식	$Ca_3P_2 + 6H_2O \rightarrow 3Ca(OH)_2 + 2PH_3$ 인화칼슘　물　　수산화칼슘　포스핀
탄화칼슘[CaC_2] (300kg)	물과의 반응식	$CaC_2 + 2H_2O \rightarrow Ca(OH)_2 + C_2H_2$ 탄화칼슘　물　　수산화칼슘　아세틸렌
	아세틸렌가스와 구리의 반응식	$C_2H_2 + Cu \rightarrow CuC_2 + H_2$ 아세틸렌　구리　구리아세틸라이드　수소
탄화알루미늄[Al_4C_3] (300kg)	물과의 반응식	$Al_4C_3 + 12H_2O \rightarrow 4Al(OH)_3 + 3CH_4$ 탄화알루미늄　물　　수산화알루미늄　메테인

📋 제4류 위험물

물질명 (지정수량)	반응의 종류	반응식
다이에틸에터[$C_2H_5OC_2H_5$] (50L)	제조법	$2C_2H_5OH \xrightarrow[\text{탈수}]{c-H_2SO_4} C_2H_5OC_2H_5 + H_2O$ 에틸알코올 다이에틸에터 물
이황화탄소[CS_2] (50L)	연소반응식	$CS_2 + 3O_2 \rightarrow CO_2 + 2SO_2$ 이황화탄소 산소 이산화탄소 이산화황
	물과의 반응식 (150℃ 가열 시)	$CS_2 + 2H_2O \rightarrow CO_2 + 2H_2S$ 이황화탄소 물 이산화탄소 황화수소
아세트알데하이드[CH_3CHO] (50L)	산화를 이용한 제조법	$C_2H_4 \xrightarrow{+O} CH_3CHO$ 에틸렌 아세트알데하이드
벤젠[C_6H_6] (200L)	연소반응식	$2C_6H_6 + 15O_2 \rightarrow 12CO_2 + 6H_2O$ 벤젠 산소 이산화탄소 물
톨루엔[$C_6H_5CH_3$] (200L)	연소반응식	$C_6H_5CH_3 + 9O_2 \rightarrow 7CO_2 + 4H_2O$ 톨루엔 산소 이산화탄소 물
초산메틸[CH_3COOCH_3] (200L)	제조법	$CH_3COOH + CH_3OH \rightarrow CH_3COOCH_3 + H_2O$ 초산 메틸알코올 초산메틸 물
의산메틸[$HCOOCH_3$] (400L)	제조법	$HCOOH + CH_3OH \rightarrow HCOOCH_3 + H_2O$ 의산 메틸알코올 의산메틸 물
메틸알코올[CH_3OH] (400L)	산화반응식	$CH_3OH \xrightarrow{-H_2} HCHO \xrightarrow{+O} HCOOH$ 메틸알코올 폼알데하이드 폼산
에틸알코올[C_2H_5OH] (400L)	산화반응식	$C_2H_5OH \xrightarrow{-H_2} CH_3CHO \xrightarrow{+O} CH_3COOH$ 에틸알코올 아세트알데하이드 아세트산

📋 제5류 위험물

물질명	반응의 종류	반응식
질산메틸 [CH_3ONO_2]	제조법	$HNO_3 + CH_3OH \rightarrow CH_3ONO_2 + H_2O$ 질산 메틸알코올 질산메틸 물
트라이나이트로톨루엔 [$C_6H_2CH_3(NO_2)_3$]	제조법	$C_6H_5CH_3 + 3HNO_3 \xrightarrow[\text{탈수}]{c-H_2SO_4} C_6H_2CH_3(NO_2)_3 + 3H_2O$ 톨루엔 질산 트라이나이트로톨루엔 물

제6류 위험물

물질명 (지정수량)	반응의 종류	반응식
과염소산 **[HClO₄]** (300kg)	열분해반응식	$HClO_4 \rightarrow HCl + 2O_2$ 과염소산　염화수소　산소
과산화수소 **[H₂O₂]** (300kg)	열분해반응식	$2H_2O_2 \rightarrow 2H_2O + O_2$ 과산화수소　물　산소
질산 **[HNO₃]** (300kg)	열분해반응식	$4HNO_3 \rightarrow 2H_2O + 4NO_2 + O_2$ 질산　물　이산화질소　산소

2. 위험물안전관리법

1. 위험물안전관리법의 행정규칙

(1) 위험물제조소등

① 제조소 : 위험물을 제조할 목적으로 지정수량 이상의 위험물을 취급하기 위하여 허가를 받은 장소
② 저장소 : 지정수량 이상의 위험물을 저장하기 위한 대통령령이 정하는 장소
③ 취급소 : 지정수량 이상의 위험물을 제조 외의 목적으로 취급하기 위한 대통령령이 정하는 장소

(2) 위험물저장소 및 위험물취급소

① 위험물저장소
　㉠ 옥내저장소 : 옥내(건축물 내부)에 위험물을 저장하는 장소
　㉡ 옥외탱크저장소 : 옥외(건축물 외부)에 있는 탱크에 위험물을 저장하는 장소
　㉢ 옥내탱크저장소 : 옥내에 있는 탱크에 위험물을 저장하는 장소
　㉣ 지하탱크저장소 : 지하에 매설한 탱크에 위험물을 저장하는 장소
　㉤ 간이탱크저장소 : 간이탱크에 위험물을 저장하는 장소
　㉥ 이동탱크저장소 : 차량에 고정된 탱크에 위험물을 저장하는 장소
　㉦ 옥외저장소 : 옥외에 위험물을 저장하는 장소
　㉧ 암반탱크저장소 : 암반 내의 공간을 이용한 탱크에 액체 위험물을 저장하는 장소
② 위험물취급소
　㉠ 이송취급소 : 배관 및 이에 부속된 설비에 의하여 위험물을 이송하는 장소
　㉡ 주유취급소 : 고정주유설비에 의하여 자동차, 항공기 또는 선박 등에 직접 연료를 주유하기 위하여 위험물을 취급하는 장소
　㉢ 일반취급소 : 주유취급소, 판매취급소, 이송취급소 외의 위험물을 취급하는 장소
　㉣ 판매취급소 : 점포에서 위험물을 용기에 담아 판매하기 위하여 지정수량의 40배 이하의 위험물을 취급하는 장소(페인트점 또는 화공약품점)

(3) 위험물제조소등의 시설 · 설비의 신고

① 시 · 도지사에게 신고해야 하는 경우
　㉠ 제조소등의 위치 · 구조 또는 설비의 변경 없이 위험물의 품명 · 수량 또는 지정수량의 배수를 변경하고자 하는 자 : 변경하고자 하는 날의 1일 전까지 신고
　㉡ 제조소등의 설치자의 지위를 승계한 자 : 승계한 날부터 30일 이내에 신고
　㉢ 제조소등의 용도를 폐지한 때 : 제조소등의 용도를 폐지한 날부터 14일 이내에 신고

② 허가나 신고 없이 제조소등을 설치하거나 위치·구조 또는 설비를 변경할 수 있고 위험물의 품명·수량 또는 지정수량의 배수를 변경할 수 있는 경우
　㉠ 주택의 난방시설(공동주택의 중앙난방시설을 제외한다)을 위한 저장소 또는 취급소
　㉡ 농예용·축산용 또는 수산용으로 필요한 난방시설 또는 건조시설을 위한 지정수량 20배 이하의 저장소
③ 안전관리자의 선임 및 해임의 신고기간
　㉠ 안전관리자의 선임기한 : 안전관리자가 해임되거나 퇴직한 날부터 30일 이내
　㉡ 안전관리자의 선임신고 : 선임한 날로부터 14일 이내
　㉢ 대리자의 직무대행기간 : 30일 이내

(4) 자체소방대의 기준
① 자체소방대의 설치기준 : 제4류 위험물을 지정수량의 3천배 이상으로 취급하는 제조소 및 일반취급소와 50만배 이상 저장하는 옥외탱크저장소에 설치
② 자체소방대에 두는 화학소방자동차의 기준

사업소의 구분	화학소방 자동차의 수	자체소방 대원의 수
지정수량의 3천배 이상 12만배 미만으로 취급하는 제조소 또는 일반취급소	1대	5인
지정수량의 12만배 이상 24만배 미만으로 취급하는 제조소 또는 일반취급소	2대	10인
지정수량의 24만배 이상 48만배 미만으로 취급하는 제조소 또는 일반취급소	3대	15인
지정수량의 48만배 이상으로 취급하는 제조소 또는 일반취급소	4대	20인
지정수량의 50만배 이상으로 저장하는 옥외탱크저장소	2대	10인

③ 화학소방자동차에 갖추어야 하는 소화능력 및 설비의 기준

소방차의 구분	소화능력 및 설비의 기준
포수용액방사차	포수용액의 방사능력이 매분 2,000L 이상일 것
	소화약액탱크 및 소화약액혼합장치를 비치할 것
	10만L 이상의 포수용액을 방사할 수 있는 양의 소화약제를 비치할 것
분말방사차	분말의 방사능력이 매초 35kg 이상일 것
	분말탱크 및 가압용 가스설비를 비치할 것
	1,400kg 이상의 분말을 비치할 것
할로젠화합물 방사차	할로젠화합물의 방사능력이 매초 40kg 이상일 것
	할로젠화합물탱크 및 가압용 가스설비를 비치할 것
	1,000kg 이상의 할로젠화합물을 비치할 것
이산화탄소방사차	이산화탄소의 방사능력이 매초 40kg 이상일 것
	이산화탄소 저장용기를 비치할 것
	3,000kg 이상의 이산화탄소를 비치할 것
제독차	가성소다 및 규조토를 각각 50kg 이상 비치할 것

※ 포수용액을 방사하는 화학소방자동차의 대수는 화학소방자동차 대수의 3분의 2 이상으로 하여야 한다.

(5) 위험물 운송의 기준

① 위험물안전카드를 휴대해야 하는 위험물
  ㉠ 제4류 위험물 중 특수인화물 및 제1석유류
  ㉡ 제1류 · 제2류 · 제3류 · 제5류 · 제6류 위험물 전부

② 위험물운송자의 기준
  ㉠ 운전자를 2명 이상으로 하는 경우
    ⓐ 고속국도에서 340km 이상에 걸치는 운송을 할 때
    ⓑ 일반도로에서 200km 이상에 걸치는 운송을 할 때
  ㉡ 운전자를 1명으로 할 수 있는 경우
    ⓐ 운송책임자를 동승시킨 경우
    ⓑ 제2류 위험물, 제3류 위험물(칼슘 또는 알루미늄의 탄화물에 한한다) 또는 제4류 위험물(특수인화물 제외)을 운송하는 경우
    ⓒ 운송 도중에 2시간 이내마다 20분 이상씩 휴식하는 경우

③ 운송 시 운송책임자의 감독 · 지원을 받아야 하는 위험물
  ㉠ 알킬알루미늄
  ㉡ 알킬리튬

(6) 탱크의 종류별 공간용적

탱크의 용량은 탱크 내용적에서 다음의 공간용적을 뺀 용적으로 한다.

① 일반탱크 : 탱크의 내용적의 100분의 5 이상 100분의 10 이하
② 소화약제 방출구를 탱크 안의 윗부분에 설치한 탱크 : 소화약제 방출구 아래의 0.3m 이상 1m 미만 사이의 면으로부터 윗부분의 용적
③ 암반탱크 : 탱크 안에 용출하는 7일간의 지하수의 양에 상당하는 용적과 그 탱크 내용적의 100분의 1의 용적 중에서 보다 큰 용적

(7) 예방규정 작성대상

① 지정수량의 10배 이상의 위험물을 취급하는 제조소
② 지정수량의 100배 이상의 위험물을 저장하는 옥외저장소
③ 지정수량의 150배 이상의 위험물을 저장하는 옥내저장소
④ 지정수량의 200배 이상의 위험물을 저장하는 옥외탱크저장소
⑤ 암반탱크저장소
⑥ 이송취급소
⑦ 지정수량의 10배 이상의 위험물을 취급하는 일반취급소

(8) 정기점검

　① 정의 : 제조소등이 자체적으로 기술수준에 적합한지의 여부를 정기적으로 점검하고
　　　결과를 기록 및 보존하는 것

　② 정기점검의 대상이 되는 제조소등

　　　㉠ 예방규정대상에 해당하는 것

　　　㉡ 지하탱크저장소

　　　㉢ 이동탱크저장소

　　　㉣ 위험물을 취급하는 탱크로서 지하에 매설된 탱크가 있는 제조소, 주유취급소
　　　　또는 일반취급소

　③ 정기점검의 횟수 : 연 1회 이상

(9) 정기검사

　① 정의 : 소방본부장 또는 소방서장으로부터 제조소등이 기술수준에 적합한지 여부를
　　　정기적으로 검사받는 것

　② 정기검사의 대상이 되는 제조소등 : 특정·준특정옥외탱크저장소(위험물을 저장 또는
　　　취급하는 50만L 이상의 옥외탱크저장소)

2. 위험물제조소등의 시설기준

 **안전거리**

(1) 제조소등의 안전거리

건축물의 구분	안전거리
주거용 건축물	10m 이상
학교·병원·극장	30m 이상
지정문화유산 · 천연기념물	50m 이상
고압가스·액화석유가스 취급시설	20m 이상
7,000V 초과 35,000V 이하의 특고압가공전선	3m 이상
35,000V를 초과하는 특고압가공전선	5m 이상

(2) 안전거리를 제외할 수 있는 조건

① 제6류 위험물을 취급하는 제조소, 취급소 또는 저장소
② 주유취급소　　　　　③ 판매취급소
④ 지하탱크저장소　　　⑤ 옥내탱크저장소
⑥ 이동탱크저장소　　　⑦ 간이탱크저장소
⑧ 암반탱크저장소

📋 보유공지

(1) 제조소의 보유공지

위험물의 지정수량의 배수	보유공지의 너비
지정수량의 10배 이하	3m 이상
지정수량의 10배 초과	5m 이상

(2) 옥내저장소의 보유공지

위험물의 지정수량의 배수	보유공지의 너비	
	벽·기둥·바닥이 내화구조인 건축물	그 밖의 건축물
지정수량의 5배 이하	–	0.5m 이상
지정수량의 5배 초과 10배 이하	1m 이상	1.5m 이상
지정수량의 10배 초과 20배 이하	2m 이상	3m 이상
지정수량의 20배 초과 50배 이하	3m 이상	5m 이상
지정수량의 50배 초과 200배 이하	5m 이상	10m 이상
지정수량의 200배 초과	10m 이상	15m 이상

(3) 옥외탱크저장소의 보유공지

위험물의 지정수량의 배수	보유공지의 너비
지정수량의 500배 이하	3m 이상
지정수량의 500배 초과 1,000배 이하	5m 이상
지정수량의 1,000배 초과 2,000배 이하	9m 이상
지정수량의 2,000배 초과 3,000배 이하	12m 이상
지정수량의 3,000배 초과 4,000배 이하	15m 이상

(4) 옥외저장소의 보유공지

위험물의 지정수량의 배수	보유공지의 너비
지정수량의 10배 이하	3m 이상
지정수량의 10배 초과 20배 이하	5m 이상
지정수량의 20배 초과 50배 이하	9m 이상
지정수량의 50배 초과 200배 이하	12m 이상
지정수량의 200배 초과	15m 이상

위험물제조소의 기준

(1) 표지 및 게시판의 기준

① 표지의 기준

   ㉠ 내용 : 위험물제조소

   ㉡ 크기 : 한 변 0.3m 이상, 다른 한 변 0.6m 이상인 직사각형

   ㉢ 색상 : 백색 바탕, 흑색 문자

② 방화에 관하여 필요한 사항을 게시한 게시판의 기준

   ㉠ 내용 : 위험물의 유별·품명, 저장최대수량(취급최대수량), 지정수량의 배수, 안전관리자의 성명(직명)

   ㉡ 크기 : 한 변 0.3m 이상, 다른 한 변 0.6m 이상인 직사각형

   ㉢ 색상 : 백색 바탕, 흑색 문자

(2) 건축물의 구조

① 벽, 기둥, 바닥, 보, 서까래 및 계단

   불연재료로 만든다.

② 연소의 우려가 있는 외벽

   내화구조로 만든다.

③ 출입구의 방화문(옥내저장소에도 동일하게 적용)

   ㉠ 출입구 : 60분+방화문, 60분 방화문 또는 30분 방화문

   ㉡ 연소의 우려가 있는 외벽에 설치하는 출입구 : 수시로 열 수 있는 자동폐쇄식 60분+방화문 또는 60분 방화문

(3) 환기설비 및 배출설비

① 환기설비의 설치기준(옥내저장소에도 동일하게 적용)

구 분	환기설비	배출설비
배기 방식	자연배기방식	강제배기방식
급기구의 수 및 면적	바닥면적 150m²마다 급기구는 면적 800cm² 이상의 것 1개 이상 설치	
급기구의 위치/장치	낮은 곳에 설치 /인화방지망 설치	높은 곳에 설치 /인화방지망 설치
환기구 및 배출구 높이	지붕 위 또는 지상 2m 이상 높이에 설치	지상 2m 이상 높이에 설치

② 배출설비의 설치조건

㉠ 제조소 : 가연성의 증기 또는 미분이 체류할 우려가 있는 장소

㉡ 옥내저장소 : 인화점 70℃ 미만의 위험물을 저장하는 장소

(4) 제조소의 위험물취급탱크의 방유제 기준

① 위험물제조소의 옥외에 설치하는 위험물취급탱크의 방유제 용량

㉠ 하나의 취급탱크의 방유제 용량 : 탱크 용량의 50% 이상

㉡ 2개 이상의 취급탱크의 방유제 용량 : 탱크 중 용량이 최대인 것의 50%에 나머지 탱크 용량 합계의 10%를 가산한 양 이상

② 위험물제조소의 옥내에 설치하는 위험물취급탱크의 방유턱 용량

㉠ 하나의 취급탱크의 방유턱 용량 : 탱크에 수납하는 위험물 양의 전부

㉡ 2개 이상의 취급탱크의 방유턱 용량 : 탱크 중 실제로 수납하는 위험물 양이 최대인 탱크의 양의 전부

☑ 옥내저장소의 기준

(1) 옥내저장소의 안전거리를 제외할 수 있는 조건

① 지정수량 20배 미만의 제4석유류 또는 동식물유류를 저장하는 경우

② 제6류 위험물을 저장하는 경우

③ 지정수량의 20배 이하로서 다음의 기준을 동시에 만족하는 경우

㉠ 저장창고의 벽, 기둥, 바닥, 보 및 지붕을 내화구조로 할 것

㉡ 저장창고의 출입구에 수시로 열 수 있는 자동폐쇄식의 60분+ 방화문 또는 60분 방화문을 설치할 것

㉢ 저장창고에 창을 설치하지 아니할 것

(2) 건축물의 구조

① 지면에서 처마까지의 높이는 6m 미만인 단층 건물로 해야 한다.

② 벽, 기둥, 바닥 : 내화구조로 만든다.

③ 보, 서까래, 계단 : 불연재료로 만든다.

④ 지붕 : 폭발력이 위로 방출될 정도의 가벼운 불연재료로 만든다.

> 제2류 위험물(분말 상태의 것과 인화성 고체 제외)과 제6류 위험물만의 저장 창고에 있어서는 지붕을 내화구조로 할 수 있다.

⑤ 천장 : 기본적으로는 설치하지 않는다. 다만, 제5류 위험물만의 저장창고는 창고 내의 온도를 저온으로 유지하기 위하여 난연재료 또는 불연재료로 된 천장을 설치할 수 있다.

(3) 위험물의 종류에 따른 옥내저장소의 바닥면적

바닥면적 1,000m^2 이하에 저장 가능한 위험물	
제1류 위험물	아염소산염류, 염소산염류, 과염소산염류, 무기과산화물
제3류 위험물	칼륨, 나트륨, 알킬알루미늄, 알킬리튬, 황린
제4류 위험물	특수인화물, 제1석유류, 알코올류
제5류 위험물	유기과산화물, 질산에스터류
제6류 위험물	과염소산, 과산화수소, 질산
바닥면적 2,000m^2 이하에 저장 가능한 위험물	
바닥면적 1,000m^2 이하에 저장 가능한 위험물 이외의 것	

(4) 다층 건물 옥내저장소의 기준

① 저장 가능한 위험물 : 제2류(인화성 고체 제외) 또는 제4류(인화점 70℃ 미만 제외)

② 층고(바닥으로부터 상층 바닥까지의 높이) : 6m 미만

③ 하나의 저장창고의 모든 층의 바닥면적 합계 : 1,000m^2 이하

(5) 지정과산화물 옥내저장소의 기준

① 지정과산화물의 정의 : 제5류 위험물 중 유기과산화물 또는 이를 함유한 것으로서 지정수량이 10kg인 것을 말한다.

② 격벽의 기준 : 바닥면적 150m^2 이내마다 격벽으로 구획한다.

    ㉠ 격벽의 두께

        ⓐ 철근콘크리트조 또는 철골철근콘크리트조 : 30cm 이상

        ⓑ 보강콘크리트블록조 : 40cm 이상

ⓛ 격벽의 돌출길이
- ⓐ 창고 양측의 외벽으로부터 1m 이상
- ⓑ 창고 상부의 지붕으로부터 50cm 이상

③ 저장창고 외벽 두께의 기준
- ㉠ 철근콘크리트조 또는 철골철근콘크리트조 : 20cm 이상
- ㉡ 보강콘크리트블록조 : 30cm 이상

📋 옥외탱크저장소의 기준

(1) 보유공지의 단축
① 제6류 위험물을 저장하는 옥외저장탱크 : 보유공지의 1/3 이상(최소 1.5m 이상)
② 동일한 방유제 안에 있는 2개 이상 탱크의 상호간 거리
- ㉠ 제6류 위험물 외의 위험물을 저장하는 옥외저장탱크 : 보유공지의 1/3 이상(최소 3m 이상)
- ㉡ 제6류 위험물을 저장하는 옥외저장탱크 : 보유공지 너비의 1/9 이상(최소 1.5m 이상)

(2) 옥외저장탱크 통기관의 기준
① 밸브 없는 통기관
- ㉠ 지름은 30mm 이상으로 할 것
- ㉡ 끝부분은 수평면보다 45도 이상 구부려 빗물 등의 침투를 막을 것
- ㉢ 인화점이 38℃ 미만인 위험물만을 저장, 취급하는 탱크의 통기관에는 화염방지장치를 설치하고, 인화점이 38℃ 이상 70℃ 미만인 위험물을 저장, 취급하는 탱크의 통기관에는 40mesh 이상의 구리망으로 된 인화방지장치를 설치할 것
② 대기밸브부착 통기관 : 5kPa 이하의 압력 차이로 작동할 수 있을 것

(3) 옥외탱크저장소의 방유제
① 방유제의 용량
- ㉠ 인화성이 있는 위험물 옥외저장탱크의 방유제
  - ⓐ 옥외저장탱크를 1개만 포함하는 경우 : 탱크 용량의 110% 이상
  - ⓑ 옥외저장탱크를 2개 이상 포함하는 경우 : 탱크 중 용량이 최대인 것의 110% 이상
- ㉡ 인화성이 없는 위험물 옥외저장탱크의 방유제
  - ⓐ 옥외저장탱크를 1개만 포함하는 경우 : 탱크 용량의 100% 이상
  - ⓑ 옥외저장탱크를 2개 이상 포함하는 경우 : 탱크 중 용량이 최대인 것의 100% 이상

② 방유제의 높이 : 0.5m 이상 3m 이하

③ 방유제의 두께 : 0.2m 이상

④ 방유제의 지하매설깊이 : 1m 이상

⑤ 하나의 방유제의 면적 : 8만m^2 이하

⑥ 방유제의 재질 : 철근콘크리트

⑦ 하나의 방유제 안에 설치할 수 있는 옥외저장탱크의 수 : 10개 이하
　다만, 다음의 경우에는 옥외저장탱크의 수가 다르다.
　㉠ 인화점이 70℃ 이상 200℃ 미만인 위험물을 저장 또는 취급하는 옥외저장탱크
　　의 용량의 합이 20만L 이하인 경우 : 20개 이하
　㉡ 인화점이 200℃ 이상인 위험물을 저장 또는 취급하는 옥외저장탱크의 경우 : 개수
　　제한 없음

⑧ 소방차 및 자동차의 통행을 위한 도로 설치기준 : 방유제 외면의 2분의 1 이상은 3m
　이상의 폭을 확보한 도로에 접하도록 설치한다.

⑨ 방유제로부터 옥외저장탱크의 옆판까지의 거리
　㉠ 탱크 지름이 15m 미만 : 탱크 높이의 3분의 1 이상
　㉡ 탱크 지름이 15m 이상 : 탱크 높이의 2분의 1 이상

⑩ 간막이둑을 설치하는 기준 : 방유제 내에 설치된 용량이 1,000만L 이상인 옥외저장
　탱크에는 각각의 탱크마다 간막이둑을 설치한다.
　㉠ 간막이둑의 높이 : 0.3m 이상(방유제 높이보다 0.2m 이상 낮게)
　㉡ 간막이둑의 용량 : 탱크 용량의 10% 이상
　㉢ 간막이둑의 재질 : 흙 또는 철근콘크리트

⑪ 계단 또는 경사로의 기준 : 높이가 1m를 넘는 방유제의 안팎에는 약 50m마다 계단
　또는 경사로 설치

☑ 옥내저장탱크의 기준

(1) 옥내저장탱크에 저장할 수 있는 위험물의 종류

① 탱크전용실을 단층 건축물에 설치한 옥내저장탱크에 저장할 수 있는 위험물
　모든 유별의 위험물

② 탱크전용실을 단층 건물 외의 건축물에 설치한 옥내저장탱크에 저장할 수 있는 위험물
　㉠ 건축물의 1층 또는 지하층
　　ⓐ 제2류 위험물 중 황화인, 적린 및 덩어리상태의 황
　　ⓑ 제3류 위험물 중 황린
　　ⓒ 제6류 위험물 중 질산
　㉡ 건축물의 모든 층 : 제4류 위험물 중 인화점이 38℃ 이상인 위험물

(2) 옥내저장탱크의 용량

① 단층 건물에 탱크전용실을 설치하는 경우 : 지정수량의 40배 이하
(단, 제4석유류 및 동식물유류 외의 제4류 위험물에 있어서 당해 수량이 20,000L 초과 시 20,000L 이하)

② 단층 건물 외의 건축물에 탱크전용실을 설치하는 경우
  ㉠ 1층 이하의 층에 탱크전용실을 설치하는 경우 : 지정수량의 40배 이하
  (단, 제4석유류 및 동식물유류 외의 제4류 위험물에 있어서 당해 수량이 20,000L 초과 시 20,000L 이하)
  ㉡ 2층 이상의 층에 탱크전용실을 설치하는 경우 : 지정수량의 10배 이하
  (단, 제4석유류 및 동식물유류 외의 제4류 위험물에 있어서 당해 수량이 5,000L 초과시 5,000L 이하)

(3) 옥내저장탱크의 통기관

① 밸브 없는 통기관
  ㉠ 통기관의 끝부분과 건축물의 창, 출입구와의 거리
    : 옥외의 장소로 1m 이상
  ㉡ 지면으로부터 통기관의 끝부분까지의 높이
    : 4m 이상
  ㉢ 인화점 40℃ 미만인 위험물을 저장하는 탱크의 통기관과 부지경계선까지의 거리
    : 1.5m 이상
  ㉣ 통기관의 끝부분은 옥외에 설치할 것
  ㉤ 지름은 30mm 이상으로 할 것
  ㉥ 끝부분은 수평면보다 45도 이상 구부려 빗물 등의 침투를 막을 것
  ㉦ 인화점이 38℃ 미만인 위험물만을 저장, 취급하는 탱크의 통기관에는 화염방지장치를 설치하고, 인화점이 38℃ 이상 70℃ 미만인 위험물을 저장, 취급하는 탱크의 통기관에는 40mesh 이상의 구리망으로 된 인화방지장치를 할 것
② 대기밸브부착 통기관 : 5kPa 이하의 압력 차이로 작동할 수 있을 것

☑ 지하탱크저장소의 기준

(1) 지하저장탱크의 시험

① 압력탱크 : 최대상용압력의 1.5배 압력으로 10분간 실시하는 수압시험
② 압력탱크 외의 탱크 : 70kPa의 압력으로 10분간 실시하는 수압시험

(2) 지하저장탱크의 설치기준

① 전용실의 내부 : 입자지름 5mm 이하의 마른 자갈분 또는 마른 모래를 채울 것
② 지면으로부터 지하탱크의 윗부분까지의 거리 : 0.6m 이상

③ 지하저장탱크를 2개 이상 인접해 설치할 때 상호거리 : 1m 이상

　　※ 탱크 용량의 합계가 지정수량의 100배 이하일 경우 : 0.5m 이상

④ 탱크전용실로부터 안쪽과 바깥쪽으로의 거리

　　㉠ 지하의 벽, 가스관, 대지경계선으로부터 탱크전용실 바깥쪽과의 거리 : 0.1m 이상

　　㉡ 지하저장탱크와 탱크전용실 안쪽과의 거리 : 0.1m 이상

⑤ 탱크전용실의 기준 : 벽, 바닥 및 뚜껑의 두께는 0.3m 이상의 철근콘크리트로 할 것

⑥ 지면으로부터 통기관의 끝부분까지의 높이 : 4m 이상

간이탱크저장소의 기준

(1) 보유공지

① 옥외에 설치하는 경우 : 1m 이상

② 전용실 안에 설치하는 경우 : 탱크와 전용실의 벽까지 0.5m 이상

(2) 간이탱크저장소의 구조 및 설치기준

① 하나의 간이탱크저장소에 설치할 수 있는 간이저장탱크의 수 : 3개 이하

② 하나의 간이저장탱크 용량 : 600L 이하

③ 간이저장탱크의 두께 : 3.2mm 이상의 강철판

④ 탱크의 시험방법 : 70kPa의 압력으로 10분간 수압시험 실시

이동탱크저장소의 기준

(1) 표지 및 게시판의 기준

구 분	위 치	규격 및 색상	내 용	실제 모양
표지	이동탱크저장소의 전면 상단 및 후면 상단	60cm 이상×30cm 이상의 가로가 긴 사각형으로 흑색 바탕에 황색 문자	위험물	**위험물**
UN번호	이동탱크저장소의 후면 및 양 측면	30cm 이상×12cm 이상의 가로가 긴 사각형으로 흑색 테두리선(굵기 1cm)과 오렌지색 바탕에 흑색 문자	UN번호의 숫자 (글자 높이 6.5cm 이상)	1223
그림문자	이동탱크저장소의 후면 및 양 측면	25cm 이상×25cm 이상의 마름모꼴로 분류기호에 따라 바탕과 문자의 색을 다르게 할 것	심벌 및 분류·구분의 번호 (글자 높이 2.5cm 이상)	

(2) 이동저장탱크의 구조
① 탱크(맨홀 및 주입관의 뚜껑 포함)의 두께
3.2mm 이상의 강철판
② 칸막이
㉠ 하나로 구획된 칸막이의 용량 : 4,000L 이하
㉡ 칸막이의 두께 : 3.2mm 이상의 강철판
③ 방파판
㉠ 칸막이로 구획된 부분의 용량이 2,000L 미만인 부분에는 설치하지 않을 수 있다.
㉡ 두께 및 재질 : 1.6mm 이상의 강철판
㉢ 개수 : 하나의 구획부분에 2개 이상 설치

(3) 측면틀 및 방호틀
① 측면틀
㉠ 측면틀의 최외측과 탱크 최외측의 연결선과 수평면이 이루는 내각 : 75도 이상
㉡ 탱크 중심점과 측면틀 최외측선을 연결하는 선과 중심점을 지나는 직선 중 최외측선과 직각을 이루는 선과의 내각 : 35도 이상
㉢ 탱크 상부의 네 모퉁이로부터 탱크의 전단 또는 후단까지의 거리 : 각각 1m 이내
② 방호틀
㉠ 두께 : 2.3mm 이상의 강철판
㉡ 높이 : 방호틀의 정상부분을 부속장치보다 50mm 이상 높게 유지

(4) 이동저장탱크의 접지도선
제4류 위험물 중 특수인화물, 제1석유류 또는 제2석유류를 저장하는 이동저장탱크에 설치할 것

(5) 상치장소(주차장으로 허가받은 장소)
① 옥외에 있는 상치장소
화기를 취급하는 장소 또는 인근의 건축물로부터 5m(인근의 건축물이 1층인 경우에는 3m) 이상의 거리를 확보할 것
② 옥내에 있는 상치장소
벽·바닥·보·서까래 및 지붕이 내화구조 또는 불연재료로 된 건축물의 1층에 설치할 것

옥외저장소의 저장기준

(1) 보유공지를 3분의 1로 단축할 수 있는 위험물

① 제4류 위험물 중 제4석유류
② 제6류 위험물

(2) 덩어리상태의 황만을 경계표시의 안쪽에 저장하는 기준

① 하나의 경계표시의 내부면적 : 100m^2 이하
② 2 이상의 경계표시 내부면적의 합 : 1,000m^2 이하
③ 인접하는 경계표시와 경계표시와의 간격 : 보유공지의 너비의 1/2 이상으로 하되 저장하는 위험물의 최대수량이 지정수량 200배 이상의 경계표시끼리의 간격은 10m 이상
④ 경계표시의 높이 : 1.5m 이하
⑤ 경계표시의 재료 : 불연재료
⑥ 천막고정장치의 설치간격 : 경계표시의 길이 2m마다 설치

(3) 옥외저장소에 저장 가능한 위험물

① 제2류 위험물
  – 황 또는 인화성 고체(인화점이 섭씨 0도 이상인 것에 한함)
② 제4류 위험물
  ㉠ 제1석유류(인화점이 섭씨 0도 이상인 것에 한함)
  ㉡ 알코올류
  ㉢ 제2석유류
  ㉣ 제3석유류
  ㉤ 제4석유류
  ㉥ 동식물유류
③ 제6류 위험물
④ 시·도조례로 정하는 제2류 또는 제4류 위험물
⑤ 국제해상위험물규칙(IMDG Code)에 적합한 용기에 수납된 위험물

☑ 주유취급소의 기준

(1) 주유공지
너비 15m 이상, 길이 6m 이상

(2) 주유취급소의 탱크 용량
① 고정주유설비 및 고정급유설비에 직접 접속하는 전용탱크 : 각각 50,000L 이하
② 보일러 등에 직접 접속하는 전용탱크 : 10,000L 이하
③ 폐유, 윤활유 등의 위험물을 저장하는 탱크 : 2,000L 이하
④ 고정주유설비 또는 고정급유설비용 간이탱크 : 600L 이하의 탱크 3기 이하
⑤ 고속도로의 주유취급소 탱크 : 60,000L 이하

(3) 게시판
① 내용 : 주유 중 엔진정지
② 색상 : 황색바탕, 흑색문자
③ 규격 : 한 변의 길이 0.3m 이상, 다른 한 변의 길이 0.6m 이상

(4) 주유관의 길이
① 고정식 주유관 : 5m 이내
② 현수식 주유관 : 지면 위 0.5m의 수평면에 수직으로 내려 만나는 점을 중심으로 반경 3m 이내

(5) 고정주유설비 및 고정급유설비의 기준
① 셀프용 외의 고정주유설비 및 고정급유설비의 최대배출량
　㉠ 제1석유류 : 분당 50L 이하
　㉡ 경유 : 분당 180L 이하
　㉢ 등유 : 분당 80L 이하
② 셀프용 고정주유설비
　㉠ 1회 연속주유량의 상한 : 휘발유는 100L 이하, 경유는 600L 이하
　㉡ 1회 연속주유시간의 상한 : 휘발유는 4분 이하, 경유는 12분 이하
③ 셀프용 고정급유설비
　㉠ 1회 연속급유량의 상한 : 100L 이하
　㉡ 1회 연속주유시간의 상한 : 6분 이하

☑ 판매취급소의 기준

(1) 제1종 판매취급소와 제2종 판매취급소의 구분

구 분	제1종 판매취급소	제2종 판매취급소
위치	건축물의 1층	건축물의 1층
취급량	지정수량의 20배 이하	지정수량의 40배 이하
판매취급소의 용도로 사용되는 건축물의 부분	내화구조 또는 불연재료	벽 · 기둥 · 바닥 · 보를 내화구조
다른 부분과의 격벽	내화구조	내화구조
보	불연재료	내화구조
천장	불연재료	불연재료
상층바닥	내화구조	내화구조로 하는 동시에 상층으로의 연소방지 조치
지붕	내화구조 또는 불연재료	내화구조
방화문의 종류	60분+방화문, 60분 방화문 또는 30분 방화문	60분+방화문 · 60분 방화문 또는 30분 방화문(연소의 우려가 있는 출입구에는 자동폐쇄식 60분+방화문, 60분 방화문)
창 또는 출입구에 이용하는 유리	망입유리	망입유리

(2) 위험물 배합실의 기준

① 바닥면적은 $6m^2$ 이상 $15m^2$ 이하로 할 것
② 내화구조 또는 불연재료로 된 벽으로 구획할 것
③ 바닥은 적당한 경사를 두고 집유설비를 할 것
④ 출입구에는 자동폐쇄식 60분+방화문 또는 60분 방화문을 설치할 것
⑤ 출입구 문턱의 높이는 바닥면으로부터 0.1m 이상으로 할 것
⑥ 가연성의 증기 또는 미분을 지붕 위로 방출하는 설비를 할 것

3. 제조소등의 소화설비

소화난이도등급

구 분	소화난이도등급 Ⅰ의 제조소등	소화난이도등급 Ⅱ의 제조소등
제조소 및 일반취급소	• 연면적 $1,000m^2$ 이상인 것 • 지정수량의 100배 이상 취급하는 것 • 지반면으로부터 6m 이상의 높이에 위험물 취급설비가 있는 것	• 연면적 $600m^2$ 이상인 것 • 지정수량의 10배 이상 취급하는 것
옥내저장소	• 연면적 $150m^2$를 초과하는 것 • 지정수량의 150배 이상 취급하는 것 • 처마높이 6m 이상인 단층건물의 것	지정수량의 10배 이상 취급하는 것
옥외탱크저장소 및 옥내탱크저장소 (제6류 위험물을 저장하는 것 제외)	• 액표면적이 $40m^2$ 이상인 것 • 지반면으로부터 탱크 옆판의 상단까지의 높이가 6m 이상인 것	소화난이도등급 Ⅰ 이외의 것
옥외저장소	덩어리상태의 황을 저장하는 것으로서 경계표시 내부의 면적이 $100m^2$ 이상인 것(2개 이상의 경계표시 포함)	덩어리상태의 황을 저장하는 것으로서 경계표시 내부의 면적이 $5m^2$ 이상 $100m^2$ 미만인 것
암반탱크저장소 (제6류 위험물을 저장하는 것 제외)	액표면적이 $40m^2$ 이상인 것	–
주유취급소	직원 외의 자가 출입하는 부분의 면적의 합이 $500m^2$를 초과하는 것	옥내주유취급소
이송취급소	모든 대상	
판매취급소	–	제2종 판매취급소

소화설비의 적응성

소화설비의 구분		건축물·그 밖의 공작물	전기설비	제1류 위험물 알칼리금속의 과산화물등	제1류 위험물 그 밖의 것	제2류 위험물 철분·금속분·마그네슘 등	제2류 위험물 인화성 고체	제2류 위험물 그 밖의 것	제3류 위험물 금수성 물품	제3류 위험물 그 밖의 것	제4류 위험물	제5류 위험물	제6류 위험물
옥내소화전 또는 옥외소화전 설비		○			○		○	○		○		○	○
스프링클러설비		○			○		○	○		○	△	○	○
물분무 등 소화설비	물분무소화설비	○	○		○		○	○		○	○	○	○
물분무 등 소화설비	포소화설비	○			○		○	○		○	○	○	○
물분무 등 소화설비	불활성가스소화설비		○				○				○		
물분무 등 소화설비	할로젠화합물소화설비		○				○				○		
물분무 등 소화설비	분말소화설비 인산염류등	○	○		○		○	○			○		○
물분무 등 소화설비	분말소화설비 탄산수소염류등		○	○			○		○		○		
물분무 등 소화설비	분말소화설비 그 밖의 것			○			○		○				
대형·소형 수동식 소화기	봉상수(棒狀水)소화기	○			○		○	○		○		○	○
대형·소형 수동식 소화기	무상수(霧狀水)소화기	○	○		○		○	○		○		○	○
대형·소형 수동식 소화기	봉상강화액소화기	○			○		○	○		○		○	○
대형·소형 수동식 소화기	무상강화액소화기	○	○		○		○	○		○	○	○	○
대형·소형 수동식 소화기	포소화기	○			○		○	○		○	○	○	○
대형·소형 수동식 소화기	이산화탄소소화기		○				○				○		△
대형·소형 수동식 소화기	할로젠화합물소화기		○				○				○		
대형·소형 수동식 소화기	분말소화기 인산염류소화기	○	○		○		○	○			○		○
대형·소형 수동식 소화기	분말소화기 탄산수소염류소화기		○	○			○		○		○		
대형·소형 수동식 소화기	분말소화기 그 밖의 것			○			○		○				
기타	물통 또는 수조	○			○		○	○		○		○	○
기타	건조사(마른 모래)			○	○	○	○	○	○	○	○	○	○
기타	팽창질석 또는 팽창진주암			○	○	○	○	○	○	○	○	○	○

※ "○"는 소화설비의 적응성이 있다는 의미이고, "△"는 경우에 따라 적응성이 있다는 의미이다.

4. 위험물의 저장·취급 기준

(1) 유별이 다른 위험물끼리 동일한 저장소에 저장할 수 있는 경우

옥내저장소 또는 옥외저장소에서는 서로 다른 유별끼리 함께 저장할 수 없지만 다음의 조건을 만족하면서 유별로 정리하여 서로 1m 이상의 간격을 두는 경우에는 저장할 수 있다.

① 제1류 위험물(알칼리금속의 과산화물 제외)과 제5류 위험물
② 제1류 위험물과 제6류 위험물
③ 제1류 위험물과 제3류 위험물 중 자연발화성 물질(황린)
④ 제2류 위험물 중 인화성 고체와 제4류 위험물
⑤ 제3류 위험물 중 알킬알루미늄등과 제4류 위험물(알킬알루미늄 또는 알킬리튬을 함유한 것)
⑥ 제4류 위험물 중 유기과산화물과 제5류 위험물 중 유기과산화물

(2) 유별이 같은 위험물이라도 동일한 저장소에 저장할 수 없는 경우

① 제3류 위험물 중 황린과 같이 물속에 저장하는 물품과 금수성 물질은 동일한 저장소에서 저장하지 아니하여야 한다.
② 동일 품명의 위험물이라도 자연발화할 우려가 있거나 재해가 현저하게 증대할 우려가 있는 위험물을 다량 저장하는 경우에는 지정수량의 10배 이하마다 구분하여 상호간 0.3m 이상의 간격을 두어 저장하여야 한다.

(3) 옥내저장소 또는 옥외저장소의 저장용기를 쌓는 높이의 기준

① 기계에 의하여 하역하는 구조로 된 용기 : 6m 이하
② 제4류 위험물 중 제3석유류, 제4석유류 및 동식물유류의 용기 : 4m 이하
③ 그 밖의 경우 : 3m 이하
④ 용기를 선반에 저장하는 경우
　㉠ 옥내저장소에 설치한 선반 : 높이의 제한 없음
　㉡ 옥외저장소에 설치한 선반 : 6m 이하

(4) 탱크에 저장할 때 위험물의 저장온도

구 분	옥외저장탱크, 옥내저장탱크, 지하저장탱크		이동저장탱크	
	압력탱크에 저장하는 경우	압력탱크 외의 탱크에 저장하는 경우	보냉장치가 있는 이동저장탱크에 저장하는 경우	보냉장치가 없는 이동저장탱크에 저장하는 경우
아세트알데하이드등	40℃ 이하	15℃ 이하	비점 이하	40℃ 이하
산화프로필렌 및 다이에틸에터등	40℃ 이하	30℃ 이하	비점 이하	40℃ 이하

(5) 주유취급소 · 이동탱크저장소 · 판매취급소에서의 기준

① 위험물을 주유할 때 자동차 등의 원동기를 정지시켜야 하는 위험물

　 인화점 40℃ 미만의 위험물

② 이동저장탱크에 위험물을 주입할 때의 기준

　㉠ 이동저장탱크의 상부로부터 위험물을 주입할 때 : 위험물의 액표면이 주입관의 선단을 넘는 높이가 될 때까지 주입관 내의 유속을 초당 1m 이하로 한다.

　㉡ 이동저장탱크의 밑부분으로부터 위험물을 주입할 때 : 위험물의 액표면이 주입관의 정상부분을 넘는 높이가 될 때까지 주입관 내의 유속을 초당 1m 이하로 한다.

③ 이동탱크저장소에 봉입하는 불활성 기체의 압력

　㉠ 알킬알루미늄등의 이동탱크로부터 알킬알루미늄을 꺼낼 때 : 동시에 200kPa 이하의 압력으로 불활성 기체 봉입

　㉡ 알킬알루미늄등의 이동탱크에 알킬알루미늄을 저장할 때 : 20kPa 이하의 압력으로 불활성 기체 봉입

　㉢ 아세트알데하이드등의 이동탱크로부터 아세트알데하이드를 꺼낼 때 : 동시에 100kPa 이하의 압력으로 불활성 기체 봉입

5. 위험물의 운반기준

(1) 운반용기의 수납률
① 고체 위험물 : 운반용기 내용적의 95% 이하
② 액체 위험물 : 운반용기 내용적의 98% 이하(55℃에서 누설되지 않도록 공간용적 유지)
③ 알킬알루미늄 또는 알킬리튬 : 운반용기 내용적의 90% 이하(50℃에서 5% 이상의 공간용적 유지)

(2) 운반용기 외부에 표시해야 하는 사항
① 품명, 위험등급, 화학명 및 수용성
② 위험물의 수량
③ 위험물에 따른 주의사항

(3) 운반 시 피복기준
① 차광성 피복으로 가려야 하는 위험물
  ㉠ 제1류 위험물
  ㉡ 제3류 위험물 중 자연발화성 물질
  ㉢ 제4류 위험물 중 특수인화물
  ㉣ 제5류 위험물
  ㉤ 제6류 위험물
② 방수성 피복으로 가려야 하는 위험물
  ㉠ 제1류 위험물 중 알칼리금속의 과산화물
  ㉡ 제2류 위험물 중 철분, 금속분, 마그네슘
  ㉢ 제3류 위험물 중 금수성 물질

(4) 유별을 달리하는 위험물의 혼재기준

위험물의 구분	제1류	제2류	제3류	제4류	제5류	제6류
제1류		×	×	×	×	○
제2류	×		×	○	○	×
제3류	×	×		○	×	×
제4류	×	○	○		○	×
제5류	×	○	×	○		×
제6류	○	×	×	×	×	

※ 이 [표]는 지정수량의 1/10 이하의 위험물에 대하여는 적용하지 않는다.

현실이라는 땅에 두 발을 딛고
이상인 하늘의 별을 향해 두 손을 뻗어
착실히 올라가야 한다.

- 반기문 -

꿈꾸는 사람은 행복합니다.
그러나 꿈만 좇다 보면 자칫 불행해집니다. 가시밭에 넘어지고 웅덩이에 빠져
허우적거릴 뿐, 꿈을 현실화할 수 없기 때문이죠.
꿈을 이루기 위해서는, 냉엄한 현실을 바탕으로 한 치밀한 전략, 그리고 뜨거운
열정이라는 두 발이 필요합니다. 그러지 못하면 넘어지기 십상이지요.
우선 그 두 발로 현실을 딛고, 하늘의 별을 따기 위해 한 계단 한 계단 올라가
보십시오. 그러면 어느 순간 여러분도 모르게 하늘의 별이 여러분의 손에 쥐어
져 있을 것입니다.

MEMO